THEATERBIBLIOTHEK

Wolfgang Deichsel, Werke

Wolfgang Deichsel
Frankenstein II
Die Zelle des Schreckens
Werke. Band IV

Verlag der Autoren

Die Deutsche Bibliothek – CIP-Einheitsaufnahme

Deichsel, Wolfgang:
Werke / Wolfgang Deichsel. – Frankfurt am Main : Verl. der Autoren.
(Theaterbibliothek)
NE: Deichsel, Wolfgang: [Sammlung]

Bd. 4. Frankenstein. – 2. Die Zelle des Schreckens. – 1994
ISBN 3-88661-144-2

Gesamtherstellung: Druck- und Verlags-Gesellschaft mbH, Darmstadt. Printed in Germany

Für Ilse

Inhalt

Frankensteins Braut

Drama in fünf Akten

PERSONEN

FRANKENSTEIN	
MANFRED	Monster
GEIGER NIKKOLO	Monster
NATALIE	Monster
DIE WEGENERN, Hauswirtin	
WEGENER	Bei der Polizei
WOLFF	Bei der Polizei
WÜRGES	Bei der Polizei

ORT

Die Wegenern, die mit ihrem Mann, dem Polizisten Wegener, ein Einfamilienhaus mit Gärtchen bewohnt, hat dem jungen Mediziner Frankenstein einen als Gartenhaus bezeichneten Schuppen vermietet, der einst als Baubude diente. Die Szene ist diese Hütte. Neben Gartengeräten, alten Baumaterialien ein Bett, ein Tisch, ein alter Standspiegel, ein Kleiderschrank, ein großer Deckelkorb, eine mannshohe, vernagelte Holzkiste, an die Wand gelehnt, aus der gelatinös eine gelbe Flüssigkeit rinnt. Von einem provisorisch verlegten Stromkabel zweigen Verbindungen zu einer Dekkenlampe, einer Tischlampe und zu dem Deckelkorb ab.

ZEIT

6. Dezember 1962, 17.30 Uhr.

Erster Akt

Erste Szene

Frankenstein, Geiger Nikkolo

Doktor Frankenstein, ein junger Mensch, geht unruhig herum. Nikkolo, eine gekrümmte Kreatur mit dem Kopf eines Neunjährigen, geigt. Frankenstein blickt Geiger Nikkolo an.

NIKKOLO *setzt die Geige ab* Qu´äng.

Frankenstein betrachtet sich in Tante Tinas Standspiegel. Um sich besser zu erkennen, hält er sich Onkel Oswalds Nachttischlampe über den Kopf. Ein Blick. Er knallt die Lampe in den Spiegel. Bruch. Nur noch die Glühbirne wirft ihr kahles Licht von der Decke. Frankenstein macht sich hastig Notizen in sein weißes Tagebuch.

FRANKENSTEIN Warten! Warten! Warten! Warten auf die Ankunft. Warten auf eine Frau. Warten auf die Frau. Warten auf den Fuß. Warten auf den Mantel. Alles in mir drängt zum Handeln. Das Größte könnte ich zum Abschluß bringen und muß warten auf einen Mantel. Nichts kann mich noch beruhigen. *Er schluckt einige Tabletten mit Schnaps herunter.*

NIKKOLO Qu'äng! *Geigt.*

FRANKENSTEIN Er geigt! Sprechen soll er. Sprechen Sie mir nach, Nikkolo: »Natalie«.

NIKKOLO *schwitzt* Qu'alie.

FRANKENSTEIN Na-ta-lie.

Nikkolo kratzt auf der Geige die Silbenfolge nach. Geht in ein virtuoses Geigenstück über.

FRANKENSTEIN *nimmt Nikkolo die Geige weg.* Hast du nicht mehr gelernt in zwanzig Jahren! Wieviel Jahre bist du jetzt auf der Welt?

NIKKOLO Qu'anich.

FRANKENSTEIN Zwanzig?

NIKKOLO Qu'ibenqu'anich.

FRANKENSTEIN Siebenundzwanzig. Gut. Sprich meinen Namen.

NIKKOLO Qu'angenqu'ein.

FRANKENSTEIN Frankenstein. Gut. Jetzt sprich deinen Namen.

NIKKOLO Qu'eisä Qu'iggolo.

FRANKENSTEIN Meister Nikkolo. Nikkolo, der Meistergeiger. Wäre nur auch sonst alles so gelungen wie deine Fingerfertigkeit.

NIKKOLO Qu'eig! *Er reißt die Geige an sich und fiedelt zappelnd ein virtuoses Stück.*

FRANKENSTEIN Gut! Fiedel, fiedel soviel du willst, ich will dich nicht auch noch quälen! Sprich: Quälen.

NIKKOLO Quäle.

FRANKENSTEIN Na sehr gut!

NIKKOLO *gesprächig* Quiggolo quäl quongel quägnä.

FRANKENSTEIN Wegener? Du quälst Onkel Wegener?

NIKKOLO Quägnä quäl quiggolo quas.

FRANKENSTEIN Gas? Hat er dir wieder den Kopf in den Gasofen gehalten? Was wollte er wissen? Hast du was verraten?

NIKKOLO Qu'ein.

FRANKENSTEIN Du darfst ihm nie sagen, was im Schrank ist oder im Korb! Onkel Wegener ist bei der Polizei. Kurz vor dem Ziel ertappt! Das fehlte noch. Ich muß los, ich kann nicht warten, bis die Wegener mir den Wintermantel aus der Reinigung bringt. Die Schöpfung steht vor der Tür, soll ich da einen Schnupfen fürchten? Ich brauch den linken Fuß. Heute muß es gelingen, sonst muß ich warten bis Dreikönig. Das wäre der nächste Sechste. Alles ist eingestellt auf Sechsten Zwölften achtzehn Uhr! Wer weiß, ob mir bis dahin der rechte Fuß auch noch unter der Hand verfault. Du bleibst hier und geigst. *Abgehend* Sekt brauch ich auch noch und Rosen.

Zweite Szene

Nikkolo, Wegenern

WEGENERN *mit Mantel über Bügel nach knappem Klopfen herein* Ihr Mantel! Wo ist der Doktor, Nikkolo? Wo ist dein Vater?

NIKKOLO Qu'ich qu'aden.

WEGENERN Freust du dich schon, Bub? Wer kommt? Wer kommt, wenn's dunkel wird?

NIKKOLO Qu'ai qu'aach – *Fiedelt »Es ist ein Ros«*

WEGENERN Ja! Der Weihnachtsmann. Der Nikolaus!

NIKKOLO Qu'igajau!

WEGENERN Nichts verraten! Für deinen Vater hab ich auch eine Überraschung, nachher, wenn's dunkel wird. Nichts verraten!

NIKKOLO Qu'ich qu'aden.

WEGENERN Wo häng ich jetzt den Mantel hin! Ein Staub hier! Aber dein Vater läßt mich ja nicht rein. Der Schrank ist auch immer zu. Da steckt heut der Schlüssel! *Zieht die Tür auf.*

Zweiter Akt

Erste Szene

MANFRED *ein Riese, tritt heraus* Wenn man nach mir fragt, ich hole jetzt selbst den Fuß, der paßt. *Mit steifem Schritt stracks zur Tür.*

WEGENERN Moment! So geht das aber nicht! Ich hab an zwei Personen vermietet. An den Vater und das Kind. Weil es aussieht wie ein Kind. Aber so darf man meine Gutmütigkeit nicht ausnutzen. Das ist gar nicht schön. Und grad an Nikolaus. Wo man sich Freude machen soll.

MANFRED *tritt an die Rampe* Grauer Tag. Stunde des Grauens. Das Jahr liegt im letzten Monat. Die Rose erfroren und der Rosenkohl. Im Garten des Grauens. Frankenstein geht um mit seinen beiden Monstern, in Erwartung des dritten. Zur Weihnachtszeit. Schon hat Frau Wegener die roten Kerzen entzündet am starren Kranz, Blut fließt ein und aus in weißen Krügen, in Kübeln schwimmen Glieder, in feuchte Tücher eingeschlagen erwarten blaue Augen ihren Einsatz.

WEGENERN Ja schon, aber –

MANFRED Der Weihnachtsmann kommt. Schwer fällt er vom Himmel. Weiß und rot steht er. Blut im Schnee. Die Kinder können nicht fliehen. Erhoben ist die Dornrute. Dort hängt der Sack für die Köpfe. Singt Lieder!

WEGENERN Ja, das sag ich auch immer.

MANFRED Gut ist, Angst bei sich zu behalten, und besser ist, man gibt nen Witz zum besten. Wer mitlacht, über den wird nicht gelacht. Drum grinst euch an und bleckt die Zähne, schlagt euch ins

Kreuz und auf das Knie, schüttelt euch aus und wälzt euch, schreit vor Lachen, besonders die, die nicht mehr fröhlich sind. Gelacht wird ja am Ende doch, drum lacht von Anfang an.

WEGENERN Ich will Sie nicht unterbrechen, aber ich hab vergessen, den Osterhas in den Weihnachtssack zu stecken. Sie bleiben hier, bis der Herr Doktor zurückkommt. *Ab.*

Zweite Szene

Manfred, Nikkolo, im Korb Natalie

MANFRED *greift sich Frankensteins Tagebuch. Liest* »Erstens: Selbstekel verstärkt wegen darstellerischen Verhaltens. Zweitens: Impuls, das Spiegelbild zu zertrümmern. Drittens die Überlegung, ob es sich um eine echte Affekthandlung oder um eine gleichfalls theatralisch-hysterische Demonstration handelt. Dazu Drei A: Angst vor Zerstörung. Auch die Kosten des Spiegels werden erwogen. Viertens: In welche Grenzen fügst du dich? Lass dich gehen! Fünftens: Wurf. Noch Blumen besorgen. Wirf dich!« Er will außer sich geraten. Ja so, Franky, kommst du nie ans Ziel. *Öffnet den Dekkelkorb.*

Natalie, so schön, so unvollendet. Man wird nicht dulden, daß du um achtzehn Uhr aufstehst mit einem Fuß, der einen Zentimeter zu kurz ist. Zweitens wird man die Spannung erhöhen müssen. Man wird ein neues Kabel verlegen, dazu muß ich die Sicherung im Hause Wegener überbrücken. Es gibt also noch tun. Was macht das neue Auge? Was zucken Sie, gnädige Frau? Der böse Manfred will nur nach dem Auge sehn.

Klagelaut aus dem Korb. Nikkolo fiedelt ängstlich.

Na, ob das schon so weit ist? Halt still. Wie will man sonst das Sternenzelt erblicken? Raus aus meinem Schrank, Mißbildung, spiel die Nachtigall! *Nikkolo geigt eine Zigeunerweise* Und tanz! *Reißt ihn am Haar* Kabel! Fuß! Die Zeit drängt! *Schließt den Korb. Will abgehen.*

Dritte Szene

Manfred, Nikkolo, Frankenstein

Manfred prallt auf Frankenstein, der mit zum Strauß gebündeltem Rosenkohl und einer Flasche Taragona hereinstürzt.

MANFRED Sie haben vergessen, den Schrank abzuschließen. Täglich schusseliger!

FRANKENSTEIN Bitte, Manfred, gehen Sie in Ihren Schrank zurück.

MANFRED Haben wir jetzt den Fuß? Nein. Spiegel zerschlagen, das kann er. Zauderer! Und das also sind Rosen und Champagner!

FRANKENSTEIN *lahm* Zurück!

MANFRED *schiebt Frankenstein beiseite* Dann besorg ich wenigstens einen passenden Fuß. Weiblich. Links. Größe 39. *Ab.*

Vierte Szene

Frankenstein, Wegenern

WEGENERN Festhalten! Das war er! Ihr Untermieter, wo Sie doch selbst nur Untermieter sind. Heimlich einen Mensch in Tante Schills Schleiflackschrank eingemietet! So mich hintergangen!
FRANKENSTEIN *zieht Geld* Hundert Mark.
WEGENERN Und der Standspiegel von Tante Tina?
FRANKENSTEIN Vierzig?
WEGENERN Fünfzig! Und die echte Lampe von Onkel Oswald fünfunddreißig! Tut mir sowas an, wo es gerade anfängt zu weihnachten!
FRANKENSTEIN Nicht für mich.
WEGENERN Doch. Auch für Sie! Es weihnachtet. Sogar sehr. Und gleich erscheint was, da gucken Sie sich um.
FRANKENSTEIN *Schreck* Erscheint? Ich verbitte mir Spionage! Erscheint was? Woher?
WEGENERN Vom Himmel hoch!
FRANKENSTEIN Warum?
WEGENERN Vom Walde draus! Nikolaus und sein Knecht Ruprecht. Überraschung! Um halb sechs sind sie hier.
FRANKENSTEIN Wo?
WEGENERN Hier, in Ihrem Zimmer die Bescherung für den Kleinen, den Nikkolo. Aber für Sie ist auch was dabei. Mein Mann hat sich die Kostüme aus der Asservatenkammer geliehen, vom Bankraub in Bremthal, und sein Kollege Wolf macht auch mit.
FRANKENSTEIN Zwei Polizisten in meinem Zimmer!
WEGENERN Überraschung.
FRANKENSTEIN Das wurde mir nicht gesagt.

WEGENERN Überraschung.
FRANKENSTEIN Ein andermal.
WEGENERN Nein heute! Jetzt! Jetzt ist Nikolaus. Hier! Hier steht das Kind zur Verfügung!
FRANKENSTEIN Ich lasse keine als Weihnachtsmänner verkleideten Polizisten in mein Zimmer.
WEGENERN Weil Sie noch nicht mal dem Kind eine Freude gönnen, das noch nicht mal ein Kind ist, das arme Balg, wollen Sie ihm auch noch seinen Schreck zu Nikolaus nehmen, weil Sie sich selbst nicht leiden können, noch nicht mal meinen Thunfischsalat haben Sie gegessen. Eine Frau fehlt Ihnen, dann wären Sie auch nicht so rappelig und zappelig.
FRANKENSTEIN Ich habe eine Frau. Ich erwarte ihren Besuch, und deswegen möchte ich ungestört sein.
WEGENERN Und die wollen Sie auch hier wohnen lassen?
FRANKENSTEIN Raus jetzt. Ich muß arbeiten.
WEGENERN Arbeiten? Was arbeiten denn Sie schon groß?
FRANKENSTEIN Allerdings groß! So groß, daß Sie zu dumm dafür sind. Selbst wenn Natalie Sie mit ihren neuen Augen für klug halten wird. In Natalies Augen werden Sie, Frau Wegener, erscheinen in Ihrer Mädchenblüte.
WEGENERN Na hörn Sie mal!
FRANKENSTEIN Und solch ein großes Werk soll ich vollbringen in dieser Bruchbude? Sogar auf den passenden Fuß muß ich verzichten!
WEGENERN *geheimnisvoll* Wer weiß.
FRANKENSTEIN Weiß was?
WEGENERN Fuß. Man hat auch Ohren.

FRANKENSTEIN Sehn Sie sich den Himmel an! Welche Farbe hat er? *Schlingt aufgeregt den alten Thunfischsalat in sich hinein.*

WEGENERN Grau.

FRANKENSTEIN So erscheint er auch mir. Aber kann ich nicht ein Auge schaffen, in dem sich dieser Dezemberhimmel in hellem Blau spiegelt? Wenn mir schon alles grau vorkommt, alt, kann ich nicht jemand schaffen, dem alles neu ist? Der, wenn er in einen Apfel beißt, empfindet wie ein Kind, das zum erstenmal in einen Apfel beißt. *Schlingt Thunfischsalat.*

WEGENERN Gott –

FRANKENSTEIN Noch nicht.

WEGENERN – Ich hab die Äpfel vergessen, ein Sack ohne Äpfel! »Äpfel, Mandelkern, Rosin.« Ein Fuß, aber kein Apfel. *Ab*

Fünfte Szene

Frankenstein, Natalie im Korb

FRANKENSTEIN *entdeckt beim Schließen des Schranks ein rotes Heft* Manfred führt Buch? *Liest* »5. Dezember. Dieser Zauderer wird nie zum Ziel kommen. Er wartet immer noch, daß ihm ein Kollege aus der Klinik die Hand zur Hilfe reicht: den linken Fuß, Schuhgröße 39«. *Öffnet den Korb.* Noch können Sie mich nicht hören, aber bald, Natalie. Vielleicht müssen Sie noch etwas warten. Kann man eine Erwartung verschieben? Kann man eine Erscheinung auf später verlegen? Auf zehn nach sechs? Ich versuche, die Einstellung zu ändern.

Von draußen zwei johlende Männerstimmen; »Die Alt jedoch hat kein Humor, schlägt ihm den Kleiderschrank ans Ohr.« Kapelle, Tusch!

Dritter Akt

Erste Szene

Frankenstein, Nikkolo, Wegener, Wolf

Wegener und Wolf klopfen. Frankenstein schlägt den Korbdeckel zu.

STIMME WOLF Draußen steht ein Metzger. Wolle mern erei losse?
WEGENER und WOLF Ja!

Wegener als Nikolaus mit Krummstab und Wolf als Ruprecht mit Rute stolpern herein.

FRANKENSTEIN Was wollen Sie?
WOLF *bescheiden* Stipp stapp, stipp stapp, Knecht Ruprecht ist's mit seinem Sack.
WEGENER *laut*
»Nur mit der Axt ein Schlag vorn Kopp,
Ein kurzer Krisch – schon isse hopp.
Ja, des is einfach, so ein Mord –
Schwer werds, wenn's heißt:
Die Leich muss fort!
Die Leich fällt schwer, sie is zu groß,
Den dicke Sack werd kaaner los.« Tusch!
WOLF *flüstert* Wegener, der Sack!
WEGNER »Freund Friedel hot die Frau am Hals,
Ihn drickts, do drickt er ebenfalls.
Die Leich fällt schwer, sie is zu groß,
Den dicke Sack werd kaaner los.«
WOLF Wegener, wo ist der Nikolaussack?
WEGENER »De Friedel sacht: Komm helf mer, Paul!

Ich's Messer schleif, schlitz uff des Maul,
Grab Auche aus, säbel des Bein,
Un in de Bauch, do stesch ich rein.«
Los Bub, Tusch, sonst gibts kein Geschenk.

Nikkolo geigt Tusch. Frankenstein setzt sich resigniert auf den Korb.

WEGENER »Do schneid ich ab den Kopp, die Bein,
Un in de Bauch, do stesch isch rein.«

Nikkolo geigt Tusch.

»Ich trenne Haut un Fleisch un Knoche,
Was net zersäscht werd, werd zerbroche,
Un in de Bauch, do stesch ich rein.«

Nikkolo geigt Tusch.

WOLF Der Sack!

Nikkolo geigt Tusch.

WEGENER Den hat die Mutti!
»Die Därm, die ropp isch raus, die Lung,
Zerhack des Herz, des Hirn, die Zung,
Grab Auche aus, dreh ab des Ohr,
Schlitz uff des Maul, un Löcher bohr
Ich ibberall, do fließt des Blut,
Gepresst, gezappt, wies droppe duht
Do aus dem Bauch, dem Hals vom Schwein
In Büchse dort un Flasche ein.
Zerschnitte alles ganz un gar
Un kaaner kennt mehr, was es war.«

Nikkolo geigt Tusch.

WEGENERN *draußen* Ihr Drecksäck, alles kaputtgemacht! Wartet! Wartet!

WEGENER Do drauße steht eine Mutti. Wolle mer se erei losse? Jaa.
»Pack Stick fir Stick in Packpapier,
Verdeile do, verdeile hier.«

Nikkolo geigt Tusch.

Zweite Szene

Die Vorigen, Wegenern

WEGENERN *mit Weihnachtssack auf* Alles kaputt gemacht.

WEGENER »In Sackpapier un Packpapier – Sackpapier – Pack- un Sackpapier, zugebunden bis oben hin, – Meint Ihr, es wäre offen der Sack? –« Wie gehts weiter?

WEGENERN Wolfi, sogar du besoffen. Konntest du nicht aufpassen auf den Herbert? Einmal! Wo nur einmal Nikolaus ist.

WEGENER Holde Närrin, wir verleihen dir den großen Orden der Abeemicke von 1899!

WEGENERN Los! Bescherung! Jetzt aber dalli!

WEGENER Dann leer den Sack aus, Wolfi!

WEGENERN Halt! Vorher Vortrag und Strafpredigt! Erst Vortrag!

WEGENER »Grab Auche aus, dreh ab des Ohr,
Schlitz uff des Maul un Löcher bohr
Ich ibberall, do droppt –«

WEGENERN Nikolaus! Nikolaus! Keine Kappensitzung hier! Heut ist der Sechste Zwölfte und nicht der Elfte Elfte. Los, Bub, spiel, was du geübt hast, damit wir fertig werden.

Nikkolo geigt »Es ist ein Ros entsprungen«. Frankenstein schleicht sich zum Bett.

WEGENER Warst du auch brav?
NIKKOLO Qu'a.
WEGENERN Das heißt »Ja«.
WEGENER Gut, dann hau ihm die Jack voll, Wolf! Drauf auf den Wasserkopp, hau ihm die Kutte voll, immer druff, als Vorschuss! *Zerbricht den Bischofsstab auf Nikkolo.* Druff und druff, wenn ihr mich in meinem Vortrag unterbrecht, an der besten Stelle, und du, Mutti, hast's auch verdient! *Reißt die Rute an sich.* Ich geb dir »Einmal werden wir noch wach«! *Schlägt.* »Die Därm, die reiß ich aus, die Lung, zerhack des Herz, des Hirn, die Zung.«
WEGENERN *weint* Alle Freude verdorben! Einmal was Schönes und aus!
FRANKENSTEIN Einmal was Schönes! *Läßt sich aufs Bett fallen.*

Wegener leert den Sack aus: Äpfel, Nüsse, Orangen, ein Kamm, ein großer Schokoladenosterhase, ein rosa Päckchen, zwei Mandeln und eine Rosine.

WEGENERN Na Bub, Nikko? Guck, jetzt sieh dir das an, die Nüsse für vier Mark, und da! Da! Herbert, du Dormel, jetzt hast du meinen Has kaputttgemacht aus Schokolade, der war noch von Ostern, der war noch gut. Und hier, was ist das?

NIKKOLO Qu'apfel. Qu'ine.
WEGENERN, *hält Frankenstein das rosa Päckchen hin* Für Sie! Noch frisch! Los aufstehen!

Nikkolo geigt »Es ist ein Ros entsprungen«.

Dritte Szene

Die Vorigen, Würges

WÜRGES *in Polizeiuniform* Kollegen, so aber nicht! Warum geht keiner ans Telephon? Fahndung! Alarm! Gesucht: Männliche Person, fast zwei Meter groß, zuletzt beobachtet, wie er hier in den Gärten verschwand.
WOLF Gesucht wegen was?
WÜRGES Sowas hab ich in 28 Jahren Polizeidienst noch nicht gesehen. Trotzdem, die Frau lebt. Mehr kann ich nicht sagen. Es geht um die Entwendung eines linkes Fußes.
FRANKENSTEIN *hat das rosa Päckchen uninteressiert aufgewickelt und hält einen Männerstiefel hoch* Was ist das?
WEGENERN Sehen Sie rein, in den Stiefel! Nikolaus! Weil Sie doch immer gesagt haben: Mir fehlt der Fuß.
FRANKENSTEIN Da ist ein Fuß drin? *Stellt den Stiefel ab. Läßt sich aufs Bett fallen.*
WEGENERN Fast frisch!
WÜRGES Na, herzlichen Glückwunsch! Geben Sie her!
WEGENERN Das ist nicht Ihr Fuß, Herr Würges, das ist ein Herrenfuß, und der gehört mir. Ich hab ihn

dem Herrn Doktor zu Nikolaus geschenkt. Ein rechter Fuß, Größe 39.

WÜRGES Die Frau vom Polizeiobermeister Wegener raubt einen Fuß?

WEGENER Stipp stapp – offen der Sack – ropp ab –

WEGENERN Nein, rechtmäßig, beim Unfall an der Straßenbahnhaltestelle. Auf den Schienen, der nette junge Mann, er hat ihn mir geschenkt.

WÜRGES Unfallopfer verschenkt Fuß.

WEGENERN Der junge Mann hats mir erklärt. Er sucht einen Beruf, er konnte sich nicht entscheiden, ob's die Malerei, Dichtung oder Tanz sein sollte, und jetzt wär er erleichtert: Der Tanz scheidet aus.

WÜRGES Wegener, geh rüber, ruf die Kripo an!

WEGENER »Es roch so nach Äpfeln und Nüssen.«

WÜRGES Schreib auf, Wolf! Anwesend Frau – Frau, wie heißen Sie?

WEGENERN Wegener. Jetzt spiel dich nicht auf, Würges.

WÜRGES Und Sie? Ausweis bitte!

WEGENERN Das ist mein Untermieter, der Doktor Frankenstein, sonst ein stiller Mensch.

WÜRGES *zeigt auf Nikkolo* Was ist das?

NIKKOLO Qu'ieg –

WÜRGES Quiek?

WEGENERN Das heißt Nikkolo.

WÜRGES Jetzt halten Sie mal das Maul, Frau Wegener!

WEGENER Wie redest du mit meiner Frau, Waldemar! Hast du einen Durchsuchungsbefehl? »Un in de Bauch, do stech ich rein!« *Schlägt mit der Rute.*

WEGENERN Alles kaputtgemacht, Würges, die ganze Bescherung! *Stopft die Geschenke in den Sack.*

WÜRGES Halt, keine Spuren verwischen! Wolf, schreib auf: Äpfel, Walnüsse, circa –

WEGENERN Ein Kilo!

WÜRGES Eine Orange, Mandeln zwei, kleinerer Gegenstand, klebrig, Rosine. Aha, Ohr! Aber aus Schokolade. Ein Hase, der wahrscheinlich zu dem Ohr gehört, gleichfalls aus Schokolade. Und das an Nikolaus! Ihr macht mir doch hier nichts vor? Kleiderschrank? – Leer. Großer Deckelkorb, –

FRANKENSTEIN *liegend, lahm* Nicht öffnen! Die Kontakte!

WÜRGES *reißt den Deckel auf* Schreib, Wolf! Schreib auf. Weibliche Person, mit Drähten angeschnürt, Augen verbunden, gibt schwache Atmung als Lebenszeichen von sich. Bitte sich nicht zu bewegen, eh ich nicht die Beschreibung der Knoten zu Protokoll genommen habe. An den Knoten werdet ihr sie erkennen. Wolf, mach eine Skizze. Ich nehm jetzt erstmal den Augenverband ab.

FRANKENSTEIN Ihre Augen sind noch nicht – *Deckt sich zu.*

WEGENERN Eine fremde Frau im Korb versteckt, obwohl er seine eigene Frau erwartet! Gar nicht schön.

WÜRGES Augenfarbe blau, und jetzt die Drähte ab!

FRANKENSTEIN Nein!

Vierter Akt

Nikkolo fiedelt und fiept. Grelles Licht, Sturmschlag reißt Fenster auf, Schnee wirbelt ins Zimmer, Blitz, dann Dunkel. Gegen das Grau des Winterhimmels schnellt aus dem Korb, mit angelegten Armen, wie an Fäden gezogen, eine weiße Gestalt empor.

Fünfter Akt

Erste Szene

Die Vorigen, Natalie

WÜRGES Ein Kurzer!
WOLF Ein Kurzer!
WEGENERN Ein Kurzer! Alles kaputt!
WEGENER Mama, meine Augen! Ich bin blind. Ich trink niks mehr, ich versprech's!
NATALIE Sonne, wie du mir erglänzest, Geliebter!
WEGENERN Eine Frau! Eine Schande, am Tag, wo seine Braut kommt.
NATALIE *freudig erstaunt* Oh Frühlingsglanz!
WÜRGES Kann mal hier einer Licht machen?

Natalie besingt im Dunkeln eine neue Welt.

WEGENER Blind! Blind! Vier Jahre vor der Pensionierung!
NATALIE Wer bist du, schöner Knabe?
WÜRGES Polizeiobermeister Würges, gnädige Frau!

Lampen wieder an. Natalie an Würges geklammert.

WÜRGES Darf ich um Ihren Namen bitten? Wer sind Sie?
NATALIE Ich-bin-du-bist-ich-bin-du-bist-ich-bin-du-bist-
FRANKENSTEIN *liegend, lahm* »Ich bin.« Punkt. »Du bist.« Punkt. Sprich! Aber richtig! Bitte! Nicht »Ich bin du.«
NATALIE *tappt Richtung Frankenstein, stolpert über*

den Sack. Sie ist blind. Ich-bin-du-bist-ich-bin-du-bist- *Frankenstein zieht sich die Decke über den Kopf.*

WEGENER Ich seh doch wieder was! Vier Jahre vor der Pensionierung!

Zweite Szene

Die Vorigen, Manfred

MANFRED *herein, einen Fuß mit blutendem Stumpf hochhaltend* So! Hier haben Sie Ihren rechten Fuß, Größe 39. Tut mir leid, der Kurzschluß. Ich mußte die Sicherung überbrücken. Was soll dieser Kostümball in unserer bescheidenen Hütte bedeuten?

WÜRGES Sie sind festgenommen. Wegen Entfernung eines Fußes von einer lebenden weiblichen Person! Wolf! Handschellen!

WOLF Muß leider melden, daß keine vorhanden in der Ausrüstung als Knecht Ruprecht.

WÜRGES Dann Sack übern Kopf!

WEGENER Genau, Sack übern Kopf und achtzehn auf den Arsch!

MANFRED Halt, ich verlang Untersuchung meines Falles! Man hat diesen Körper *zeigt auf sich* gegen das, was man einen eigenen Willen nennen könnte, zum Leben erweckt. Das ist Nötigung. Ich erstatte Anzeige!

WÜRGES Gegen wen?

MANFRED Gegen diesen jungen Mann hier! Bringt Figuren hervor, die nicht Hand und Fuß haben. Experimentiert mit Menschen, obwohl er noch nicht mal seinen Thunfischsalat aufißt. Zaudert, wenn er entscheiden soll, ob er zunächst den rechten oder den linken Schuh anziehen soll, reißt Wesen, deren Augen nicht ausgereift sind, aus dem Korb, wartet auf eine Erscheinung, und dann fehlt ihm die Geduld. Statt die Erscheinung auf Heiligabend zu verschieben, will er seine Braut schon an Nikolaus sehen.

NATALIE Schatz! Schaatz! Schaaatz!

WEGENERN Das ist Ihre Braut, Herr Doktor?

MANFRED Sie haben alles vermasselt, Herr Doktor. Daß dieser Fuß derart unordentlich abgedreht wurde, kann man darauf zurückführen, daß er dies hier *zeigt auf sich* so falsch koordiniert hat. *Frankenstein wickelt sich ins Bettzeug ein.*
Daß es stark aussieht und sich stark fühlt, aber nicht stark ist. Man macht sich guten Muts daran, mit einem Ruck ein Problem zu lösen und stockt, hängt, knorzt, murkst. Mehr Symmetrie strebt man an und endet in Sülze. Sie sehen hier *zeigt auf sich* Doktor Frankensteins zweiten Versuch. Beim ersten gelang ihm nur, eine spezielle Fähigkeit zu steigern. Darf ich vorstellen: Erster Versuch! Meistergeiger Nikkolo! Beim zweiten Versuch sollte zur besonderen Fähigkeit, der Fingerfertigkeit, auch große Kraft hinzukommen. Beim dritten Versuch sollte künstlerische Fertigkeit, Kraft und zugleich ein Gehirn gelingen, mit dem, darf ich vorstellen: Natalie! die Welt immer neu, immer schön erlebt wird.

NATALIE *nach Manfred greifend* Ich will dich haben. Besissen, ich will dich besissen.

WEGENERN *führt sie zu Frankenstein* Das ist Ihr Mann!

NATALIE Ich will dich haben, haben, haben.

WEGENERN Komm, Nikkolo, nimm dein Apfel, geh in den Garten, grab nach deinen Schätzen, das ist nichts für Kinder.

NATALIE Dich haben, fressen, küssen, beissen, weissen. *Tastet nach Manfred.*

FRANKENSTEIN *wie eine riesige rote Made eingerollt* Was will die von dem? Warum er?

MANFRED Sie geht zu dem, der als erster zu ihr gesprochen hat.

FRANKENSTEIN Aber ich hab sie gemacht.

MANFRED Er nicht, das hier *zeigt auf sich* hat alles, ich habe alles gemacht, alles beschafft, Biancas Beine, Lauras Lunge, Charlottens brotbrechende Hände. Jetzt bleib mir vom Hals, Natter! *Stößt sie weg.*

WEGENERN *nimmt Natalie in die Arme* Komm her, Mädchen! Nein, das ist kein schöner Empfang. Erst eingesperrt in einen Korb, wegen Miete, und dann so ein Empfang. Da! Die Orangsch ist für Sie! Wir feiern Nikolaus! Bescherung und Bestrafung. »Vom Walde draus« – »Mandelkern« *Singt. Wegener singt mit.* »Es roch so nach Äpfeln und Nüssen!«

NATALIE *stößt Wegenern weg* Knuutsch!

WEGENERN Eifersüchtig auch noch, das Weib!

MANFRED Nein! Angst, pure Angst, alles rein: Die reine Freude, die reine Angst, die reine Erwartung, der reine Schreck.

NATALIE *in Panik, zitternd* Knuutschebäär. Bäär!

MANFRED Jetzt haben Sie, was Sie wollten: die reine Freude, die reine Angst.

WEGENER »Ich ruf Euch zu, holde Närrinnen und Narrhallesen: Auf Wiedersehn, Kapelle Narrhallamarsch! Raus! Alle! Ich will Euch hier nicht mehr sehn in meinem Gartenhäuschen, wenn man grad so schön singt. Raus!

WÜRGES Ja, raus! Alles raus! Das kann kein Mensch zu Protokoll nehmen. Nachher ist die Polizei wieder schuld. Ab durch die Mitte. Dann will ich noch ein einziges Mal nichts gesehen haben.

Nikkolo mit mumifiziertem, erdigem Fuß herein.

NIKKOLO *deutlich artikuliert* Frrankenstein!

WEGENERN Er kann sprechen.

MANFRED Jetzt haben wir eine Frau mit fünf Füßen, aber blind.

NIKKOLO Frrankenstein! Frrankenstein!

WEGENERN Du kannst es, Nikkolo. Herr Doktor!

NIKKOLO Frrankenstein!

Frankenstein liegt starr eingerollt.

NATALIE *in Panik Manfred umklammernd* Bäär! Bäär! Härrliche Jung! Härrliche Jung! Du, du mein Schönster, meine Scheiblette, mein Schimmer, mein Schimär.

FRANKENSTEIN *sich die Umwicklung abzerrend, brüllt* Diese Sprache, ich ertrag es nicht! *Würgt Natalie.*

WÜRGES *reißt ihn zurück* Frauen würgen, Freundchen, ohne mich! Wenn hier nicht sofort den Anweisungen der Polizei Folge geleistet wird, ziehe ich mein Angebot, noch einmal nichts gesehen zu haben zurück und werde gleich mal kontrollieren – *Geht auf die an der Wand lehnende Kiste zu, aus der gelatinös eine gelbe Flüssigkeit rinnt.*

NATALIE Bring mich heim.

WÜRGES – was man in dieser Kiste versteckt hält. Wolf, Zange!

FRANKENSTEIN *läßt sich wieder aufs Bett fallen* Ja, machts nur auf! Reißt nur alles auf!

ALLE ANDERN Nein!

MANFRED *an der Rampe* Damit wären wir am Ende und klatschen alle in die Hände. Einarmige werden gebeten, die Hand des Nachbarn zu benutzen. Applaus!

Frankensteins Fluch

Schauerstück in drei Akten

PERSONEN

RITTMEISTER VON SACK, Fabrikant
Alter Mann, von einem jungen Schauspieler zu spielen.
MIA, seine Tochter
PROF. DR. MED. VIKTOR VON FRANKENSTEIN
Alter Mann
DR. MED. FLUCH
jung, Doppelgänger des Frankenstein, vom selben Schauspieler zu spielen.
FRITZ, Faktotum
Aus Leichenteilen zusammengesetzt.
KLON WIM und KLON WILL
Beide vom Schauspieler des Sack zu spielen.

ZEIT

Gründerjahre

SZENE

Neugotisches Schloß des Professor Frankenstein. Schachtartig hohe Halle. In der Rückwand ein Portal zur Vorhalle. Rechts eine Doppeltür zur Bibliothek. Links eine niedrige Pforte zum Labor. Daneben ein schmaler gotischer Schrank, mannshoch. Im Boden eine Falltür, die mit einem Teppich bedeckt ist. Aus den Tiefen des Kellers das Summen einer großen Heizung.

Akt I. Szene 1

Fluch

FLUCH Endlich! *Er steigt aus dem Boden, hält einen Glaszylinder, in dem eine Hand schwimmt, empor.* Endlich! Das erste Mal! *Er zieht die Strickleiter hoch, schließt die Klappe und rollt den Teppich aus.* Eine Hand selbstgemacht! *Er stellt das Glas ab.*

Szene 2

Mia, Fluch

MIA Wenn bei Männern Tollheit ausbricht, sollten auch einer Frau tolle Schritte erlaubt sein. Ja, Professor, ich weiß, es ist spät, aber ich kann nicht über Formen reden, wenn mein Bruder William als Säugling lallt. Noch nie war ich in Ihrem einsamen Schloß. Neuester Geschmack, neueste Gotik, très chique! Erkennen Sie mich nicht? Wir haben uns seit zwölf Jahren nicht gesehen. Da war ich noch Kind. Wie schauen Sie mich an?

FLUCH Weibliches Geschlecht, den Abbildungen nach, wahrscheinlich eine Frau.

MIA Eine Frau, allerdings. Eine Frau, die tapfer sein will. Helfen Sie mir, Onkel Viktor!

FLUCH Viktor? Was bitte heißt das?

MIA Gut, lassen wir den vertraulichen »Onkel«, aber helfen Sie dem Sohn Ihres alten Freundes, helfen Sie meinem Bruder William! Er sitzt, eingesperrt in der Karosse, draußen. Ich hab ihn allein durch die Nacht kutschiert. Nur meine alte Anna weiß, wo ich bin.

FLUCH Was ist eine alte Anna?

MIA Jeder wird älter.

FLUCH Älter?

MIA Älter! Du auch, Onkel Viktor, obwohl du fast so jung aussiehst wie damals. Welches Mittel wendest du an?

FLUCH Dieses seltsame »Du« zu mir?

MIA Wir müssen den Bruder holen. Er riß an den Gurten, als er dein Schloß sah.

FLUCH Mein Schloß?

MIA Gut, unser Schloß! Aber hat mein Vater Guillaume es dich jemals spüren lassen, daß er's erwarb für dich, als du deinen alten Familienbesitz nicht mehr halten konntest? Erfroren wärst du in den hohen Hallen, hätte er nicht die Heizung »Thermator« einbauen lassen. Dein Stolz ist Undank.

FLUCH »Thermator«! Ja! Thermator kenne ich.

MIA Warum so bitter? Ich weiß, es war deine Idee, mit heißem Dampf ganze Häuser zu heizen. Aber was wäre deine Idee ohne die Fabrik, die mein Vater Guillaume aus dem Boden stampfte, Guillaume von Sack, ehemals Rittmeister im Geniekorps, der aus Liebe zu meiner Mutter Louise dem Waffenrock entsagte, um dem Vaterland durch die Entwicklung einer Dampfdruckheizung zu dienen? Was wäre deine Idee ohne die weltweiten Verbindungen, die mein Bruder William nach dem Tod meines Vaters knüpfte, um dieser Erfindung weltweit Geltung zu verschaffen. Erst vor drei Tagen kehrte er aus St. Petersburg zurück, wo er die Russen für die moderne Wärme begeisterte. Vielleicht ist Erschöpfung die Ursache seines Wahns. Denn ehe er unsere Villa Renommé erreichte, fanden ihn Bauern hier in der Nähe, in deinem Wald. Ohne

Kleider. Er stieß Klagelaute hervor, kratzte die Erde auf, wollte hinein. Erst im Spital erkannte man diesen nackten lallenden Mann als meinen verehrten Bruder William, Baron von Sack. Die Ärzte führten mich an sein Bett. Seinen Schlafrock riss er mir aus den Händen, biss hinein. Diesen schien er zu kennen, mich nicht. Ich rief ihn an: »Willi! William von Sack!«

FLUCH Dampfdrucksack!

MIA Ja, so nennen ihn Neider. Gehn wir!

FLUCH Sack und Mia.

MIA Ja, Mia, seine Schwester.

FLUCH Was ist Schwester? *Unter dem Teppich hebt sich kurz die Falltür, Mia stolpert, fällt, liegt. Fluch beobachtet sie interessiert.* Was tun Sie?

MIA Was war das?

FLUCH Sie haben sich hingestürzt.

MIA Der Boden hob sich.

FLUCH Unmöglich. *Er hebt sie auf.* Wie sich das anfasst!

MIA *in seinem Arm* So hieltest du das Kind, das von der Schaukel fiel. *Sie singt* »Vorüber, ach vorüber« – Wir müssen meinen Bruder holen, eh er sich – ich wage es auszusprechen – noch mehr beschmutzt.

Von draußen katzenhaft klagender Ruf.

MIA Er ruft. *Aus dem Keller der gleiche Ruf und wieder der gleiche Ruf antwortet aus der Bibliothek.*

FLUCH *fährt erregt imaginäre Linien an Hals und Handgelenk mit dem Zeigefinger nach.* Unmöglich!

MIA Der Ruf kam von da! Nicht von dort, wo die Kutsche steht. *Nach draußen ab.*

Szene 3

Fluch

FLUCH Mia Sack. Eine Frau. In den Tagesbefehlen werde ich als Doktor Fluch bezeichnet. Dieses weibliche Geschlecht bezeichnet mich als Viktor. So sind Frauen.

Szene 4

Fluch, Mia, Klon Wim

MIA *führt Klon Wim im Schlafrock herein* Unser Freund wird dir helfen, Willi.

FLUCH Bitte hier den Finger mit den Augen fixieren! Ja. Kennen Sie diese Person? *Zeigt auf Mia. Der Klon hält die Augen auf Fluchs Finger fixiert. Fluch will den Puls des Klons fühlen.* Wo ist seine Narbe? Sie war an der rechten Hand! *Er untersucht hastig Hals und Fußgelenke des Klons. Der Klon stößt ängstliche Gluckser aus, in die der zunehmend erregte Fluch mit mechanischen Kieksern einstimmt.*

MIA Was regst du ihn auf?

FLUCH Bitte gehn Sie!

MIA Wohin?

FLUCH Fritz! Fritz! — Einer von unten! Fritz!

MIA Ich verlange sofortige Behandlung meines Bruders.

FLUCH Ruhen Sie sich aus. Sofort! Ich kann Ihnen nur meine Chaiselongue in der Bibliothek anbieten. Wer es tat, weiß ich nicht, aber außer Bibliothek und Labor sind alle Räume versiegelt.

Szene 5

Fluch, Klon Wim, Fritz

Fritz, ein aus Leichenteilen zusammengesetzter Gigant erscheint. Mia mit Schrei in die Bibliothek ab. Fritz, zwei Koffer unter die Arme gequetscht, balanciert einen Schrankkoffer auf den Fingerspitzen. Als er den Klon sieht, erstarrt er und fiept. Der Klon gluckst, Fluch kiekst und aus der Bibliothek dringt das Gewimmer Mias, die sich vor Angst in die Hände beißt.

FLUCH *sich beherrschend* Ruhig! Fritz, trag dieser weiblichen Frau ihre Behälter in die Bibliothek. Fritz, ruhig, ruhig! Ich muß ihn beruhigen. Mir wurde schriftlich verboten, Fritz noch einmal einen Tobsuchtsanfall erleben zu lassen. Ruhig, Fritz, ruhig. *Er streicht ihm über die Narbe an der Stirn.* Geh zu deinen Rosen! Rosen! Frau, Sie wollen Rosen!

MIA *aus der Bibliothek* Rosen? In dieser Situation?

FLUCH Frauen wollen Rosen immer. Fritz, hol Rosen! *Fritz, in großem Bogen um den Klon zur Tür, kehrt zurück, legt drei abgerissene Griffe zu den Koffern. Erfreut gurgelnd ab.* Roose.

MIA Ist er fort?

FLUCH Gleich.

Szene 6

Fluch, Klon Wim

FLUCH *reißt den Teppich weg, die Luke auf, packt Klon Wim, zerrt ihm den Schlafrock herunter* Wie bist du rausgekommen, Assel? Und ich verliere meine Lebensstellung! *Er hängt die Strickleiter ein, stößt den Clonus in die Tiefe und zieht hastig, weil Mia eintritt, den Teppich über die offene Luke.*

Szene 7

Fluch, Mia

Fluch weicht zurück, fällt fast in die Luke, taumelt, tanzt. Mia betrachtet ihn.

MIA Vielleicht hättest du dich nicht so lange von der Welt abschließen dürfen, Viktor. Wo hast du dieses fürchterliche Geschöpf her?

FLUCH Ich weiß nicht. Es war schon da, als ich anfing.

MIA Er muß doch wissen, wo er herkommt.

FLUCH Als ich ihn untersuchte, stellte ich fest, daß er aus den Körperteilen von mindestens vierzehn Menschen zusammengesetzt wurde, wie soll er da wissen, wo er herkommt?

MIA Wo ist mein Bruder?

FLUCH Wo ich herkomme, weiß ich auch nicht. Mich interessiert nur, was geschieht und geschehen wird.

Szene 8

Die Vorigen, Klon Will

Klon Will, nur mit Hemd bekleidet, aus dem Labor.

FLUCH *erregt Linien im Gesicht und an den Fußgelenken mit dem Zeigefinger nachziehend* Ein Zweites. Kommt vor. Was wollen eins und zwei. Wollen hoch hinaus. Wärme nicht ausreichend, das ist die Frage. *Er prügelt den Klon zum Labor zurück.*

MIA Bist du von Sinnen? Hast du jede Achtung vor meinem Bruder verloren? *Zum stöhnenden Klon.* Ruhig! Das ist doch unser Onkel Viktor.

FLUCH Ich bin nicht Onkel eines Molchs.

MIA Ruhig, Brüderchen. *Der Klon stößt Freudenlaute eines Säuglings aus und küßt Mia.*

MIA Was für ein Kuß war das? Wie riechst du, Willi. *Sie kreischt.*

FLUCH Der Steckling muß jetzt ruhen. *Er gibt dem Klon eine Spritze und schleppt ihn ins Labor.*

Szene 9

Mia, Fluch

Mia will dazwischen, versinkt im Boden, Fluch zieht sie hoch, hält sie in den Armen.

MIA *zu sich kommend* Ist das der Viktor, den das sehnsuchtsvolle Mädchen jedesmal erwartete, wenn er Gast im Hause des Vaters war? Ist das der liebe Mann, dessen Augen glühten, wenn er vom Neuen Menschen sprach?

FLUCH Was nehme ich bei mir wahr, da unten, welche Regungen? *Er blickt sich zwischen die Beine.*

MIA Kindische Fragen stellte ich dir, doch du gabst –

FLUCH *beobachtet sich*: Verlagerung der Eingeweide –

MIA – freundlich Antwort –

FLUCH – Atem tiefer –

MIA – als ich, auf deinen Knien schaukelnd –

FLUCH – Schweißabsonderung –

MIA – verlangte: Heirate mich! –

FLUCH – Pulsschlag erhöht –

MIA – sagtest du: Dann muß ich jünger, du älter werden, Mariechen.

FLUCH Mariechen? Grundloses Bedürfnis, den anderen Körper anzufassen. Die Finger. Wie beweglich.

MIA Und jetzt, ich bin älter, du bist jung geblieben. Doch verändert! Deine Augen? *Sie blickt ihm ins Auge.*

FLUCH *blickt ihr ins Auge* Ganz die Augen des Vaters, nein, nicht ganz, ein gelber Fleck neben der Pupille.

MIA So starr!

FLUCH Feststellbar Veränderungen, die in Zusammenhang mit ihrer Anwesenheit stehen, Zustand, der ohne Mitwirkung des Bewußtseins, als Reaktion auf ein äußeres, möglicherweise auch inneres Geschehen auftritt, sprachlich schwer fassbar ist, und von mir als angenehm empfunden wird, wie es ein älterer Psychologe namens Frankenstein beschreibt. Wissen Sie, was das ist?

MIA Nein.

FLUCH Das ist möglicherweise, was dieser Wissenschaftler als Gefühl bezeichnet. Damit steht in Zusammenhang ein Verlangen, Ihren Rumpf zu berühren. Ich weiß, daß dies ohne Angabe von Gründen unüblich ist. Wenn Sie vielleicht eine Ausnahme machen würden? *Er umfasst sie.*

Akt II. Szene 1

Die Vorigen, Rittmeister von Sack mit Reitpeitsche

SACK *jugendlich flott hereinstürmend, sieht den Doktor zunächst nur von hinten* Vergiss dich nicht, Viktor, über deinen Erinnerungen. Ja, meine Mia ist der Mutter wie aus dem Gesicht geschnitten. Auch ich denke oft an Luise. »Vorüber, ach, vorüber –« *Dr. Fluch wendet sich zu Sack um.*

SACK Was, Sie? Doktor Fluch! Weg da! *Er peitscht ihn.* Was betastet du meine einzige Tochter, legst Hand an mein Fleisch und Blut, Apparat! *Katzenhafte Rufe aus Keller und Labor.*

FLUCH *will verhindern, daß Sack in die Luke fällt* Bitte sich hierher zu treten.

SACK Mich treten?

FLUCH Sich zu bewegen!

SACK *peitscht* Finger weg von Menschen!

MIA Bruder! Bitte nicht!

SACK Er spürt nichts, *peitscht* aber so tun könnte er wenigstens! *Peitscht.* Zuck, du Brut, zuck! Und du, Kind, geh schlafen!

MIA Ist das der Bruder, der mich als Kind einst liebevoll in den Armen hielt, so wie ich ihn in den Armen hielt, als er mich heute wie ein Kind nackt angelallt?

SACK Nackt angelallt! Ich? Dich? Ab ins Bett!

MIA *singt* »Vorüber, ach, vorüber –« *Ab in die Bibliothek.*

Szene 2

Fluch, Sack

SACK »Nackt angelallt«? Was haben Sie hier angestellt, Herr Doktor Fluch?

FLUCH Was ist ein Viktor?

SACK Für Rätsel ist nicht Zeit jetzt. Ich befinde mich in Schwulität. Eben, gegen Abend, kehre ich mit meinem Bankier Blank, von dem ich einen großen Kredit erbitte, zu meiner Villa »Renommé« zurück, und befinde mich plötzlich von unangemessen aufgeregten Dienern umringt. Die Amme Anna springt an mir hoch wie ein Hund, und als ich ihr Abstand gebiete, winselt sie: »Der Herr kann wieder sprechen.« Ich erfahre, meine Tochter habe mich eben nach Schloß Frankenstein, also hierher geschafft, im Zustand der Unschuld, wie man sich ausdrückte. Was bedeutet das?

FLUCH Ein Klon ist ausgebrochen.

SACK *sieht sich entsetzt um* Wo ist er?

FLUCH Keine Gefahr! Im Labor! Narkotisiert!

SACK Maschinen anhalten!

FLUCH Anhalten?

SACK Sofort! Drehn Sie den Hahn ab!

FLUCH Doch nicht jetzt! Wir haben den Durchbruch geschafft!

SACK Den Ausbruch!

FLUCH Aber sehn Sie doch hier! *Er zeigt die Hand im Glas.* Die erste Hand, die sich selbst erschuf.

SACK Das sollte ein für allemal verhindert werden, daß mich eine dieser Ausgeburten erblickt, oder schlimmer noch, daß ich sie erblicke, die Fleischbank als mein Ebenbild. Mir aus den Augen mit dem Gallert!

FLUCH Es ist mir gelungen, das Tabu zu umgehen, durch das wir die Klone hindern mußten, sich gegenseitig zu beschädigen.

SACK Ausmerzen! Diese Zellen! Alle!

FLUCH Schnellste Massenproduktion ist ab sofort denkbar. Bisher verhinderte das Tabu, daß ein Klon bei einem anderen Klon operativen Eingriff vornimmt. Regel drei: »Mach, daß der Klon dem Zwillingsklon nichts macht.« Jetzt habe ich –

SACK »Ich«? Was redest du von »Ich«? Du bist kein »Ich«.

FLUCH – Jetzt vermeide ich durch Trennung der einzelnen Arbeitsgänge, daß der Klon den Eingriff in seinen Zwillingsbruder als Verletzung empfindet. Der erste Klon schnallt den Auserwählten auf den Tisch, weiß nicht wozu, geht. Der zweite betäubt ihn, weiß nicht wozu, geht. Der dritte zeichnet an, wo der erste Schnitt gemacht werden muß. Der vierte tut den ersten Schnitt. Der fünfte vertieft den Schnitt. Der sechste trennt die Hand vom Arm. Der siebte –

SACK Sieben Arbeiter für eine Hand?

FLUCH Wenn sieben Arbeiter an sieben Tischen nebeneinander fortlaufend anschnallen, betäuben, schneiden – ich könnte ihnen an einem Tag siebenhundert Hände, vielleicht siebenhundertfünfzig liefern!

SACK Was soll ich mit siebenhundert Händen? Meine Hände passen nur mir. Wem soll ich meine siebenhundert Hände verkaufen?

FLUCH Falls bei einem Klon ein Körperteil defekt wäre, könnten sich die Klone selbst reparieren.

SACK Sie denken an Krieg? Jeder wäre das Ersatzteillager des anderen.

FLUCH Was ist Krieg?

Katzenartiger Ruf aus Keller und Labor.

SACK Interessant. Man muß darüber nachdenken. In zehn Jahren. Aber jetzt? Niemand ist durch Vorträge, durch Journale auf einen solchen Fortschritt vorbereitet. Stellen Sie sich vor, ich wäre mit Bankier Blank eine Stunde früher in Villa »Renommé« erschienen. Man erblickt mich neben meinem nackten Doppelgänger. Wie steh ich da, als Fabrikant, der mit pyramidelem Werk dem Russen modernste Wärme liefert? Schluß mit Spekulation! Ich will sofort wissen: Was ist Ursache des Ausbruchs?

FLUCH Die Heizung.

SACK Meine Heizung, die beste, die es je gab?

FLUCH Sie ist zu gut. Durch erhöhte Wärme beschleunigte sich die Entstehung der Doppelgänger. Da wir aber versäumt haben, ihren Lebensraum, ihre Nahrung zu verdoppeln, werden sie unruhig.

SACK Könnte man die Viecher nicht konservieren? Auf Eis legen, bis wir wissen, für was sie gut sind?

FLUCH Wenn Wärme ihr Wachstum fördert, ließe sich vielleicht, indem wir die Heizung drosseln, durch Kälte –

SACK Drosseln Sie! Drosseln Sie! Aber sofort! *Er geht über den Teppich auf Fluch zu, sinkt ein.* Sie haben die Luke offengelassen! Kein Wunder, wenn sie hochkommen.

FLUCH Aber die Strickleiter war doch ausgehängt. Pyramidal!

SACK Pyramidal?

FLUCH Einer auf dem andern. Unten viele. Oben ein Einziger.

SACK Dieser schwammige Haufen? Nee! *Er beugt sich über das Loch.* So hoch? Nee, Junge, nee!

FLUCH Achtung, sie sehen nach oben! *Sack springt zurück. Fluch hängt die Strickleiter ein und steigt ab. Sack wirft hastig die Klappe zu.*

Szene 3

Sack

SACK Das war knapp. Jetzt hätt ich mich beinahe erblickt, nein, mich hätt es beinahe erblickt! Tot könnte ich sein! Klonregel zwei: Mach, daß der Halm den Samen nicht erkennt. Auf deutsch: Ein Klon darf den Zellenspender nicht sehen, weil sonst – ja was? Fällt er mich an? Ich peitsch ihn zurück. Aber schon ein Dutzend von denen würd mich zerreißen. Aus welchem Grund? Aus Neid! Die sehen, mir gehts besser. Gehts mir denn besser? Ihr Weichtiere, ihr müßt euch doch nur ausschlafen, vollfressen, vermehren. Ihr müßt nicht fern der Heimat Heizung verkaufen! Gut, der Kaviar taugt was in Rußland. Aber für was braucht ihr Kaviar? Selber Kaviar! Gelege! Klebrig und fischig! Pfui Deibel! Ich kann ihn nicht ansehen, den Wabbel! Mir wird elend! Sterbenselend! Das ist die Gefahr! Regel zwei! Der Vater krepiert am Ekel beim Anblick der Brut!

Akt III. Szene 1

Sack, Frankenstein

Der alte Professor Frankenstein öffnet vorsichtig die Schranktür.

FRANKENSTEIN Ist er unten? Klappe zu? *Er tapert hervor.*
SACK Da steckst du? Viktor, im Schrank?
FRANKENSTEIN Ich kann diesen Typ nicht sehen! Diesen Fluch, dieses Doppel! Ein Widerling, ein Widerling!
SACK Du hast Angst. Inmitten der Säle lebt er im Schrank.
FRANKENSTEIN So hab ich alles im Blick! Man braucht nicht viel Platz, wenn man alt ist.
SACK Du hast Angst! Regel zwei: »Mach, daß der Halm den Samen nicht erkennt«. So lebt er also, unser Genie! Jetzt machen wir Nägel mit Köpfen. Klappe dicht! Dein Widerling hat Anweisung, die Produktion zu drosseln, drosseln wir ihn doch gleich mit, deinen Doktor! Klappe dicht!
FRANKENSTEIN Das ist Mord!
SACK Willst du ewig leben im Schrank? Für was erhalt ich dein Schloß? Gedrosselt! Gefrostet!
FRANKENSTEIN Schlichte Geschöpfe wollt ich, die zufrieden einfachen Tätigkeiten nachgehen.
SACK Zufrieden? Nachgehen? Sie brechen aus! Sie rennen oben hinter mir her! Wie soll ich Kredit erwarten von Blank, meinem Bankier, wenn er mich nackt die Boulevards langkrabbeln sieht. Schluß! Gib es auf!

FRANKENSTEIN Ich wollte die Befreiung der Frau von der Qual der Geburt. Körper ewig verjüngt!

SACK Schön und gut! Gib es auf! Hast du kein Mitleid mit diesen Wesen? Willst du, daß sie sich in der Kellerenge gegenseitig zerfleischen?

FRANKENSTEIN Gleichzeitig sein an verschiedenen Orten, das wollt ich!

SACK Wollt ich auch! Vor Augen hattest du mir geführt, ich könnte Konkurrent Warmwasserwilke erwürgen und gleichzeitig mein Alibimahl beim Polizeipräsident essen. Und jetzt? Wenn einer meiner Emporkömmlinge eine Schafherde reißt, bin ich haftbar! Alles hat ein Ende, nur die Wurst hat zwei!

FRANKENSTEIN Mich erkennen wollt ich. Als Sohn zurückblicken auf meine Geschichte als Vater. Vergangenheit aus Zukunft durchschauen. Im gleichen Körper verschiedene Geschichten erleben.

SACK Geschichte erlebst du auch so! Nägel mit Köpfen! Schluß mit Spekulation!

FRANKENSTEIN Ja! Schluß mit Spekulation! Die ewige Frage zum Beispiel, ob Schicksal uns eingeboren, ob nicht, wir hätten es endlich beweisen können. Nägel mit Köpfen!

SACK Nur die Wurst hat zwei! Nicht allein meine massenhafte Vermehrung droht. Dein Doppelgänger sagt bereits »Ich«.

FRANKENSTEIN Furchtbar, ja! Er hat sogar schon selbst was erfunden!

Szene 2

Sack, Frankenstein, Mia

MIA *schlafwandlerisch aus der Bibliothek, steht hinter Frankenstein, singt:* »Vorüber, ach vorüber – Bin Freund und komme nicht zu strafen.« *Sie sinkt in der Nähe des Kellerlochs in Ohnmacht.*

FRANKENSTEIN *wendet sich ihr zu*: Mia! Wie Louise! Wie ihrer Mutter aus dem Gesicht geschnitten! Louise! Wir haben sie beide geliebt, Guillaume.

SACK Erschreck sie nicht. Du bist ihr fremd!

FRANKENSTEIN Sie hat ihn gesehen, den sie nie sehen sollte, den Doktor, und ich steckte im Schrank! Er hat sie angefaßt, der Widerling. *Das Geräusch der Heizung schwindet.* Und jetzt hat er auch noch die Heizung abgestellt. Auf deinen Befehl, obwohl er weiß, daß er damit sein Forschungsergebnis zerstört. Ich verstehe ihn nicht, diesen Typ! *Fluch drückt die Klappe auf. Frankenstein flieht zum Schrank.* Noch einmal die Äugelchen auf, Mia! Zu spät! *Er versteckt sich im Schrank. Sack springt auf die Klappe.* Jetzt sieht mich keiner mehr an. Jetzt leb ich nur noch durchs Schlüsselloch. Ich seh alles. Keiner sieht mich. Ist das Leben?

SACK Still.

FRANKENSTEIN Auch reden darf ich nicht mehr! Nur noch schreiben. Heimlich. Zettel rausschieben unter der Tür. Das ist –

FLUCH *unter der Klappe* Ich bin's !

MIA »Fremd bin ich ausgezogen — «

SACK Mia, ich will nicht, daß du auch wahnsinnig wirst. Zugegeben, die Verhältnisse sind schwer verständlich. Aus dem Schrank dringen Stimmen, unter dem Boden klopft es. Das ist nichts für junge Mädchen!

Szene 3

Die Vorigen, Fritz

FRITZ *erscheint mit Rosenstrauß in der hinteren Tür* Roosen!

MIA *weicht schreiend zur Bibliothek zurück.* Rosen!

SACK Und jetzt auch noch Fritz. Das ist nichts für ein Mädchen. Hau ab! Fritz, hau ab!

FRANKENSTEIN *flüstert* Sag ›Hol Rosen‹!

FLUCH *laut unter der Klappe* Fritz! Hol Rosen! *Fritz bleibt die Rosen reckend in der Tür.*

SACK Er geht nicht! Er hat doch schon Rosen! Mia, bleib. Hör mich an! Ich kläre dich auf! Der dich eben noch in Armen hielt, der alte Sack, nein, nicht ich, ich meine, diesen alten Säckel im Schrank, Baron Viktor von Frankenstein, der dich einst als Kind auf Knien schaukelte, der unglückliche Liebhaber, den deine Mutter Louise mir zuliebe abwies. –

FRANKENSTEIN *aus dem Schrank* Jawohl einsam!

SACK Maul! Immerhin ein genialer Erfinder, dieser Baron Professor Viktor von Frankenstein, der unermüdlich versuchte, ein künstliches Wesen zu schaffen, das uns Männern alle Arbeit abnehmen sollte, die Angst vor Verstümmelung, ja gut, auch den Frauen die Qual der Geburt –

FRANKENSTEIN *öffnet halb die Schranktür* Ich schuf ihn, mich selbst –

SACK Halt die Klappe! *Klopfen von unten.* Ruhe da unten!

FRANKENSTEIN Mich selbst zu erkennen! *Er öffnet wieder die Schranktür.*

SACK Ja gut! *Er hält die Tür zu.* – Und dann machte er die große Erfindung: Aus einer einzigen Zelle einer Person konnte er deren Doppelgänger wachsen lassen.

FLUCH *klopft* Bitte öffnen Sie die Klappe! Ich hab die Hände voll! Ich hab die Hände voll Hände!

SACK: Der, der dich, als ich eintrat, in Armen hielt, dieser Herr Doktor Fluch, kurz Doktor genannt oder Zwo, ist Ableger des alten Barons, so wie das Bündel, das du hierher transportiertest, mein Ableger ist. So vernimm, eh dus aus unberufenem Munde hörst: Dein Bruder bin ich nicht, ich bin dein Vater. Wie oft wundertest du dich, daß ein junger Mensch wie ich sich so altmodisch verhält. Ich war nicht jung, ich war der Alte, ich kam aus anderen Zeiten. Zwei Jahre warst du alt, als wir dir erzählten, dein Vater, der alte Major, wäre auf einer Reise nach Rußland, wo er die Heizung »Feuerschlange« verkaufen wollte, verschollen, und ich, sein Sohn, dein ältrer Bruder William, der im Zorn, eh du geboren wurdest, vom Vater geschieden, um sich in Argentinien in Herstellung von Eis zu bewähren, wäre zurückgekehrt, das Erbe anzutreten. In Wirklichkeit war es dein Vater, der nach langen Operationen aus Schloß Frankenstein zurück gekehrt, künstlich verjüngt, um nun den Siegeszug des neusten Heizsystems Thermator zu betreiben. Ja, ich bin dein Vater, bin zweiundsiebzig Jahre alt, und gleichermaßen zweiundzwanzig. Der jugendliche Molch, den du hierher gekutscht, ist so zugleich mein Sohn, und weil er mir die Jugend schenkt, auch Vater, also Bruder und Großvater für dich. Und du wärst Schwester mir und Tochter, so ungefähr verhält es sich. Das mußtest du erfahren, damit du mir nicht auch noch wahnsinnig wirst. Und jetzt geh vor zur Kutsche, wir fahren gleich nach Hause.

MIA *wandelt zur Außenpforte, sieht Fritz, wandelt zurück* »Barfuß auf dem Eise – wankt er hin und her.«

SACK *faßt sich ans Herz* »Ich trage wo ich gehe, stets eine Uhr bei mir. *Er wankt beiseite.*

Die Bodenklappe öffnet sich halb, eine Hand schleudert ein Netz voller Hände auf die Bühne. Ehe Fluch selbst heraufsteigen kann, hetzt Frankenstein aus dem Schrank und stellt sich auf die Klappe, die Hand Fluchs einklemmend.

FLUCH Sehen Sie sich das bitte doch mal an! Wir dürfen jetzt nicht aufgeben! Soviele Hände! Alle in den letzten Stunden hergestellt! Und meine Klone werden von Minute zu Minute schneller! Sowas darf man nicht aufhalten!

MIA Ich will nach Hause. Es ist schade um die Menschen. Wenn man mich jetzt nicht sofort nach Hause fährt, bekomm ich gleich wieder meine Tuberkulose! *Somnambul zur Bibliothekstür.* Meine Koffer! *Sie singt.* »Ist das denn meine Straße? O Bächlein, sprich, wohin?« Zellenspender? Sind Schlafröcke nicht auch Menschen? *Ab.*

SACK »Und drohte zu stocken ihr Lauf –«

FRANKENSTEIN Geh, Guillaume, leg dich auf die Bahre, ich komm gleich.

SACK Schaff mir ein neues Herz bei, Frankenstein, sonst spürst du die Peitsche! *Sich krümmend ins Labor ab.*

MIA *in der Tür* »Sieh, Herr, ich habe nichts verdorben, sie blieb von selber stehn.«

Szene 4

Frankenstein, die anderen halb

Fritz, der Rosen bringt und Rosen holen soll, zuckt im Portal vor und zurück. Mia sieht ängstlich aus der Bibliothekstür. Der Kopf des sterbenden Sack schiebt sich über die Schwelle des Labors. Und Frankenstein trampelt auf der Klappe, die Fluchs Hand einklemmt, herum.

FLUCH Meine Hand! Das tut mir weh!

FRANKENSTEIN Tut weh? Er äußert Schmerz. *Er tritt. Fluch schreit.* Interessant.

FLUCH Sie quetschen meine Finger! Was wollen Sie beweisen? Wer sind Sie?

FRANKENSTEIN Ich bin der Mann, der Ihnen Aufträge auf Zettel schreibt. Unterschrift PRDRFR. Ich bin PRDRFR. Was da auf deinen Fingern steht, es ist dein Vater, mein guter Fluch. Du wirst nach dem Gesetz mich töten. Allen wollte ich es zeigen! Den Reichtum menschlicher Möglichkeiten. Und nun versteckt im Schrank. Als Kürzel PRDRFR. Keiner versteht mich. Wer soll das auch verstehn: PRDRFR. Der Einzige, der mich verstehen könnte, dem steh ich auf den Fingern.

Die Zelle des Schreckens

Eine Farce in drei Akten

Personen

Pelzig, *ein reicher Mann, sechzig*
Nickel, *sieht aus wie fünfundzwanzig, hat aber graue Haare*
Malchen, *Nickels Frau, um die fünfzig*
Professor Steinrück, *ein uralter Mann, trägt, solange der Doktor anwesend ist, Gummimaske eines typischen Professor*
Doktor, *ein junger Mann, dem Professor sehr ähnlich, Brille mit dicken Gläsern, sitzt gewöhnlich erstarrt in einem Sessel*
Fritz, *von unbestimmten Alter, groß und so stark, daß ihm immer was in den Händen zerbricht, Narben um Stirn und Handgelenke*
Chauffeur *von Pelzig*
Der Clonus, *der im Dritten Akt hochkommt, sieht genauso aus wie Nickel*

Szene

Steinrücks Labor im Souterrain. Der Raum wird hinten durch eine Wand aus kleinteiligem Milchglas abgeschlossen, hinter der man sich den Operationsraum vorstellen muß. Der Raum ist sonst fensterlos. Rechts eine Tür, von der aus eine Treppe zu den Wohnräumen der Nickels führt. Links eine Tür zum Schlaf- und Arbeitszimmer Steinrücks. Ein Schreibtisch, zwei Sessel. Im Boden, zunächst für den Zuschauer nicht erkennbar, eine Falltür.

Zeit

1956

I. Akt

1. Auftritt

Steinrück an seinem Schreibtisch, bekritzelt Zettel, und sortiert sie in einem Kasten. Der Doktor im Operationsraum.

DOKTOR *durch den Lautsprecher* Ein Ei!
STEINRÜCK Was?
DOKTOR *durch den Lautsprecher* Ein einziges Ei!
STEINRÜCK Ich schreibe!
DOKTOR Mit Lastwagen!
STEINRÜCK *will Ruhe* Was ist los?
DOKTOR Wer transportiert schon ein einziges Ei mit einem Lastwagen!
STEINRÜCK Was soll das?
DOKTOR Niemand! Oder: Wenn ich einen Strauß Kornblumen haben will, dann leg ich dafür doch kein Kornfeld an!
STEINRÜCK *schreit* Wie kommen Sie denn darauf?
DOKTOR *durch den Lautsprecher* Für einen einzigen Strauß Kornblumen ein ganzes Kornfeld.
STEINRÜCK *am Mikrophon* Was wollen Sie denn mit Kornblumen, Kollege? Sie haben doch noch nie eine Kornblume gesehen.
DOKTOR *kommt heraus* Ich will keine Kornblumen. Ich will keinen Raubbau. Wir kannibalisieren einen ganzen Stamm für einen einzigen Mann. Und dieser Mann hat uns bisher gehindert, den Clonus so zu entwickeln, daß er wenigstens ein Werkzeug in die Hand nehmen kann. Wenn Nickel, nach die-

ser letzten Operation, das Haus verläßt, können wir endlich arbeiten. Wir werden alles in den Schatten stellen.

STEINRÜCK Doktor, Ihre Aufgabe ist nicht, irgendwas in den Schatten zu stellen, Ihre Aufgabe ist, einen Schraubenzieher in die Hand zu nehmen. Mich interessieren die Kulturen willenloser Wesen, die Sie in Ihrem Schädel haben, nicht. Ich will in einer halben Stunde eine Kopfhaut transplantieren, und im Atemgerät ist ein Kurzschluß. *Er macht sich beim Weitersprechen, sichtbar an was anderes denkend, einen Knoten ins Taschentuch.* Kulturen willenloser Wesen sind auch nur interessant für jemand, der sie als Arbeiter oder Soldaten einsetzen will. Was aber soll einer mit blinden Soldaten, mit blinden Arbeitern?

DOKTOR Der Clonus ist aber nicht blind, Professor.

STEINRÜCK So blind wie ein Olm.

DOKTOR Der Clonus ist nicht blind.

STEINRÜCK Der Clonus ist blind.

DOKTOR Der Clonus ist nicht blind.

STEINRÜCK Der Clonus ist blind. Gehen Sie an Ihren Kurzschluß! Der Clonus ist blind, und wäre er nicht blind, dann müßten wir ihn blind machen, weil er sonst seinen Eigentümer angreift.

DOKTOR Das ist nicht bewiesen.

STEINRÜCK Und wird auch nie bewiesen werden, solange der Clonus blind ist.

DOKTOR Aber der Clonus ist nicht blind!

STEINRÜCK Er ist blind und bleibt blind, blind, blind, blind! Was wissen Sie denn schon! Ich brauche Sie nicht mehr! *Laut förmlich* Doktor, Sie werden nicht mehr gebraucht! *Der Doktor setzt sich mechanisch in den Sessel und erstarrt. Steinrück nimmt seine Maske ab. Darunter das Gesicht des Doktors, nur älter.*

STEINRÜCK *erschöpft* Ich glaub, wenn einer mal stirbt, dann fühlt er sich gerad so, wie ich mich eben fühle. Der letzte Rest fließt ab. *Er hat sich den Puls gefühlt* Hilfe! Hilfe! Mein Herz! *Er kramt im Schreibtisch, Zettel, Taschentücher mit Knoten.* Wo sind sie denn? Ausgerechnet das wieder vergessen! Jetzt muß ich doch diesen Fatzke wieder holen! Doktor, ich brauche Sie leider noch. Doktor, ich brauche Sie! *Er setzt sich die Maske auf.*

DOKTOR *erhebt sich steif* Alles was denkbar ist, sollte getan werden.

STEINRÜCK Ich suche meine Herztropfen. *Der Doktor holt sie aus dem Schlafzimmer.*

STEINRÜCK Entschuldigen Sie!

DOKTOR Weswegen?

STEINRÜCK Ach so, stimmt ja, nichts, nichts!

DOKTOR Zugegeben, der Clonus ist blind. Er lebt im Dunkeln. Wenn man ihn aber vorsichtig an Licht gewöhnt, lernt er sehen. Das habe ich festgestellt.

STEINRÜCK Was? Was haben Sie festgestellt?

DOKTOR Der Clonus ist nicht von Natur aus blind. Einige vorläufige Versuche in den letzten Tagen haben mich zu diesem Ergebnis gebracht, das uns jetzt alle Möglichkeiten eröffnet: Der Clonus lernt sehen!

STEINRÜCK Was fällt Ihnen ein? Das wird Folgen haben! Doktor, Sie werden nicht mehr gebraucht! *Der Doktor setzt sich mechanisch in seinen Sessel und erstarrt.* Forscht der auf eigene Faust. Das ist ja ganz neu. Jetzt ist mir wirklich übel. *Er schleppt sich ins Schlafzimmer.*

2. Auftritt

NICKEL *tritt rückwärts aus der rechten Tür und gibt Zeichen.* Hierher! Vorwärts! Vorsicht! *Draußen schlägt was an die Wand.* Vorsicht! Andersrum, ich sage andersrum! *Schlag.* Ja denkste! Aber sowas denkt ja nicht! Versteht denn keiner, was ich will, alter Bankert. Nicht quer! Längs! Schiebs längs! So! *Zeichen.* Was zeig ich denn? Zeig ich hier quer? Dann mach ichs selbst. Rauslassen! Zieh zurück! Laß mich raus! *Von draußen ein Stöhnen.* Ja stöhn du nur, wenn du so dumm bist. Nicht schieben! Ziehen! *Stöhnen.* Ich komm dir gleich! Jetzt bleib hier. Ich tu dir nichts. Alles muß ich machen. Jetzt muß ich auch noch freundlich sein zu dem Krüppel, dem zugenähten! Ruhig! Ruhig! Das paßt mir grad in meine Stimmung. Ja, ein guter Fritz, ein lieber Fritz, du altes Aas, nein, kein Aas, ganz ruhig jetzt. *Er lauscht plötzlich erschrocken. Aus der anderen Tür dringt ein Röcheln. Erleichtert.* Nur der Alte, dem gehts nicht gut. *Er fühlt mit der Hand auf dem Boden herum. Entsetzt.* Da, schon wieder wärmer geworden! So Friederich, und jetzt ganz ruhig und langsam drehen, wir machen das zusammen. Du sollst nicht drücken, du sollst drehen. Du drückst doch, du drückst, der drückt, wie mach ichs klar, ich könnt diese ganze Scheißfrisierkommode zerkloppen! Du drückst! Du drückst! *Von draußen Stöhnen großer Anstrengung. Es kracht. Eine angeknackste Kommode dringt durch die Tür.* Na bravo! Bravo! Jetzt ist sie hin!

STEINRÜCK *von nebenan* Bist du das?

NICKEL Ja doch. So Fritz, jetzt hast dus geschafft. Und das war Absicht, das kann ich dir nur nicht nachweisen, weil du zu blöd dazu bist. Am liebsten würd ich dir eine scheuern. *Er geht drohend auf die Tür zu und sofort zurück.*

3. Auftritt

Fritz kommt demütig auf Nickel zu, Nickel weicht aus.

STEINRÜCK *von nebenan* Bist du das, Nickel?

NICKEL Ja doch! Weil ich auf deinen Idioten angewiesen bin. Jetzt hat der auch noch die Kommode auf dem Gewissen. Sowas soll Eiche sein! *Fritz hält wimmernd ein abgebrochenes Stück an die Kommode.* Her mit dem Stück! Da siehst du jetzt, was du bist! Siehst dus jetzt ein!

FRITZ *bringt flehend, mit größter Mühe, ein Wort hervor* Schleimig!

NICKEL *erschrickt* Was ist? Worauf willst du hinaus? Hast du Spuren gesehen? Ob du Spuren gesehen hast?

FRITZ *flehend* Schleimig.

NICKEL Da ist doch was passiert!

STEINRÜCK *von nebenan* Was macht ihr denn?

NICKEL Halt doch Ruhe! Komm sofort her!

4. Auftritt

STEINRÜCK *schleppt sich aus seiner Tür* Was ist das?

NICKEL Eine Frisierkommode.

STEINRÜCK Was macht diese Frisierkommode in meinem Labor?

NICKEL Der Friedrich hat eben »schleimig« gesagt!
STEINRÜCK Und?
NICKEL Schleimig!
FRITZ Schleimig, schleimig.
NICKEL. Da bitte!
STEINRÜCK Was ist denn damit?
NICKEL Das frag ich dich?
STEINRÜCK Weiß ich nicht!
FRITZ Schleimig, schleimig!
NICKEL *imitiert* Schleimig! Schleimig! *Zu Fritz.* Los hol den Ofen. *Fritz ab.* Der hats gesehen. Da ist wirklich was passiert! Das hast du zu wissen.
STEINRÜCK Unsinn. Er könnte genausogut »verwikkelt« sagen!
NICKEL Verwickelt, aha, verwickelt! Da haben wirs doch!
STEINRÜCK Oder krumm.
NICKEL Wieso krumm?
STEINRÜCK Er weiß gar nicht, was es bedeutet.
NICKEL Als wenn das bedeutungslos wäre. Verwikkelt! Und jetzt komme ich auch drauf, was krumm heißt! Denn wer gekrümmt ist, will gerade werden. Sogar mit einem gewissen Recht. Das ist mir inzwischen klar geworden, daß, falls es zu Vorkommnissen kommt, ein gewisses Recht dazu besteht. Vorkommnisse haben ein Recht!
STEINRÜCK Kann alles sein. – Ich bin ein alter Mann, ich muß mich ausruhen, bevor ich dir eine Operation mache. Und du sollst dich auch vorher hinlegen, auch wenn es nur um eine Kopfhaut geht. Es ist jetzt vierzehn nach, um Punkt halb wollten wir anfangen. Ich verstehe nicht, warum du mir sechzehn Minuten vor der außerdem letzten Operation eine Frisierkommode hier anschleppst.

NICKEL Weil es keine außerdem letzte Operation gibt. Ich verzichte auf schwarzes Haar. Ich wollte mich ausruhen, liege in meiner gemütlichen Sitzecke, da plötzlich drückt sich hinter der Hausbar einer hoch, eine Zelle schwappt auf mich zu, glotzt mich an, das Froschauge, und glubscht dann raus durchs Fenster, durch den Wald bis in die Stadt. Und dann sehe ich, wie dieser Molch in die Schalterhalle der Landesbank watschelt und mein ganzes Geld abhebt, und ich muß mir ansehen, wie Bankangestellte sich heimlich Blicke zuwerfen, weil der Molch, der aussieht wie ich, nackt ist, mitten unter den Leuten. Aber sie geben das Geld, weil er aussieht wie ich!

STEINRÜCK Unmöglich! – Du hast doch keinen Pfennig mehr auf der Bank.

NICKEL Dann faß doch den Boden an! Er ist wieder wärmer geworden. Es riecht schon bis hierher nach Säuglingen. Ich will hier raus! Noch heute. Er hat mich mit wässrigen Augen angestiert, der Molch, und wärs Wirklichkeit gewesen, hätt der mich glatt umgebracht. So ist er nur auf die Bank. Schluß! Auch mit grauem Haar! Ich verzichte! Ich verzichte auf alles. Auch auf die Steinbrüche! Ich tauche unter.

STEINRÜCK Du bist durchgedreht, wie jedesmal vor der Operation. Wir können uns doch hier nicht nach Träumen richten. Was angefangen wurde, wird auch zu Ende geführt. Wir haben dir schon sämtliche inneren Organe, Muskulatur, Extremitäten ersetzt. Jetzt kommt noch die Kopfhaut dran, dann sind wir fertig. Auch ich will endlich mal fertig werden, mit einer Sache im Leben. Ich wecke jetzt den Doktor, der gibt dir eine Beruhigungsspritze.

NICKEL Ich will diesen Doktor nicht mehr sehen, nichts, was mich daran erinnert. Beine, Rumpf, Arme, Gesicht. *Er knetet angeekelt an sich herum.* Wie widerlich, wie dicklich, wie filzig sich das anfaßt, sowas war nie ausgemacht vorher. Jetzt stellt sich schon meine eigene Hand gegen mich. Gestern beim Aufstehen fährt sie mir ins Gesicht und krallt sich fest. *Er macht es vor.* Ich reiß sie mit der Rechten herunter, da fährt sie mir an den Hals. *Er macht es vor.* Jetzt bin ich schon in meinem eigenen Körper nicht mehr sicher. Da will ich wenigstens in meinem Haus sicher sein. Nachher wächst mir dieses neue Haar über den Kopf und nachts in den Mund, daß ich ersticke. Am Montag hab ich von einer Mühle geträumt, die mahlte und mahlte soviel Mehl, in der Erde, das Mehl, es drang nach oben, durch alle Ritzen drang das Mehl, es mahlte und mahlte...

STEINRÜCK Dann lauf halt so rum, dann lauf halt so rum als Kind mit Glatze und fall auf.

NICKEL Perücke tuts auch.

STEINRÜCK Ich steh hier vor Vollendung meines Lebenswerks, da komm mir nicht mit Perücke. Ich bin ein ausgebildeter Chirurg, da komm mir nicht mit Schuhwichse. Ich fordere erstens, in deinem Interesse, eine Kopfhaut mit nachwachsendem Haar. Zweitens brauche ich keine Frisierkommode in meinem Labor.

NICKEL Aber ich brauche eine Frisierkommode in deinem Labor.

STEINRÜCK Und warum brauchst du eine Frisierkommode in meinem Labor?

NICKEL Weil, wie du bemerkt hast, ich durchgedreht bin, weil ich wenigstens in meinem Haus sicher sein will, und weil das nicht mehr dein Labor ist, wenn du in deinem Labor nicht mehr forschst.

STEINRÜCK Deinetwegen habe ich meine Forschung abgebrochen, und jetzt wird mir noch ein Vorwurf draus gemacht. Außerdem hat der Mensch ein Recht, nicht mehr zu arbeiten in meinem Alter.

NICKEL Und der Mensch hat auch ein Recht, zu leben in meinem Alter.

STEINRÜCK Dann leb doch! Leb doch ewig!

NICKEL Ewig! Was soll diese Drohung!

STEINRÜCK Aber laß mich in Ruhe sterben hier, ohne den Lärm von zerbrochenen Frisierkommoden. Sonst nehme ich sofort meine Forschungen wieder auf!

NICKEL Das wirst du bleiben lassen.

STEINRÜCK Dann mach ich da weiter, wo ich vor zehn Jahren aufgehört habe, dann lasse ich dem Doktor freie Bahn. Der drängt mich so schon jeden Tag. Dann wird man sehen. Dann werden Träume wahr mit wässrigen Augen. Ich forsche weiter!

NICKEL Dann forsch doch! Dann forsch doch bis du blau wirst! Du kannst ja gar nicht forschen, weil du dich an nichts mehr erinnerst.

STEINRÜCK Dazu hab ich den Doktor!

NICKEL Der Doktor! Der Doktor! Ich denk, der soll sich nicht erinnern. Aus!! Hier in meinem Haus wird nicht mehr geforscht.

STEINRÜCK Haha, das kahle Jungchen hat die Hosen voll!

NICKEL Nenn mich nicht Jungchen!

STEINRÜCK Du siehst aus wie ein Jungchen, da nenn ich dich Jungchen. Wenigstens vor der Forschung hat er noch Respekt. Wenn du jetzt nicht gleich antrittst zur Operation Kopfhaut, dann laß ich den Doktor los. Der drängt mich so schon jeden Tag. Und dann, mein lieber Nickel, dann wirst du erleben, was Forschung heißt! Bis die Schwarte kracht. Züchtung rund um die Uhr. Aber Tempo!

NICKEL Wenn du den Doktor losläßt, verrat ich ihm, wer sein Vater ist. Der reißt dir deine Maske ab, deinen Professor aus Gummi, deinen Sauerbruch.

5. Auftritt

MALCHEN *herein* Da hetz ich mich ab, da schieb ich schon den Hasen in die Röhre, und was seh ich hier: keinerlei Anstalten!

NICKEL Wann gibts Essen? Mir ist schon ganz schlecht.

MALCHEN Erst die Operation! Dann das Essen! Und meinst du, mir wäre nicht schlecht! Mir ist noch viel schlechter! Ich hab schließlich einen älteren Magen, 56. Dein Magen ist höchstens 30.

NICKEL Da, schon wieder! Immer drauf! Immer drauf auf meinen Alpdruck! Rücksichtslos wird auf meinen jungen Magen angespielt.

MALCHEN Was macht meine Kommode hier?

NICKEL Die ist kaputt!

MALCHEN Was macht meine Frisierkommode aus dem Blauen Zimmer hier?

STEINRÜCK Durchgedreht ist er, kurz vor Torschluß, kurz vor der Kopfhaut, erzählt mir was von Mühlen, will mich hindern, mein Lebenswerk zu vollenden. Ich bin doch kein Schlafzimmer!

MALCHEN Und mir brennt mein Hase an. Geben Sie ihm seine Spritze.

STEINRÜCK Der will sich nicht operieren lassen.

NICKEL Und der will wieder forschen! Der will den Doktor loslassen!

STEINRÜCK Und der? Eine Frisierkommode will er mir in mein Labor schleppen, und meinen Schreibtisch, meine einzige Ecke, verrücken!

MALCHEN Hier wird nicht losgelassen, hier wird nicht geforscht. Meine Frisierkommode kommt hier wieder raus, und zwar noch vor dem Essen.

STEINRÜCK Genau! Noch vor dem Essen.

NICKEL Halt du dich raus, alter Trottel, sonst wirst du überhaupt umquartiert. Du hast was gegen die Frisierkommode? Hier kommt das ganze Blaue Zimmer rein!

STEINRÜCK *verzweifelt* Ja, warum denn?

NICKEL Weil die Möbel schwer sind, weil die ihr Gewicht haben. Weil die stabil sind! Alles Eiche! Schwerste Eiche! Da soll mir noch einer hoch kommen!

MALCHEN Wer? Du lieber Gott, Nickel, was ist mit dir heut?

STEINRÜCK Er hat geträumt. Er hat geträumt, daß einer hochkommt.

MALCHEN Ein Molch? Hoch, ins Wohnzimmer?

NICKEL Ich halte diese Angst nicht mehr aus. Ich will fort. Es muß auch gehn ohne schwarzes Haar.

MALCHEN Das fällt doch auf! Dann war alles umsonst. Jahrelange Arbeit umsonst, weil du durchdrehst im letzten Moment.

NICKEL Sehr richtig! Ich lasse mich nicht ansehen mit wässrigen Augen. Das ganze Blaue Zimmer kommt übereinander auf die bewußte Stelle. *Er zeigt auf die Falltür im Boden.* Alles übereinander.

MALCHEN Was soll denn ein Blaues Zimmer übereinander auf dieser Stelle?

NICKEL Diese Stelle kennst du ganz genau! Und alle Möbel hier drin auch! Alle auf bewußte Stelle! Den Schreibtisch hier rüber. Alles übereinander! Alles übereinander! Alles an diese Stelle!

STEINRÜCK Da hat man sein Leben lang geforscht, um das ewige Leben zu finden, und will endlich mal Feierabend machen, da hat man der Menschheit gedient und will nichts weiter als seine zwei Zimmer, in denen man sich auskennt, in denen man seine Ordnung hat, wenns draußen immer unordentlicher wird, und dann kommt so ein Schnösel herein mit seinem eichenen Zimmer. Nur weil er der Hausbesitzer ist. Das ist ein Undank! Ein Undank!

NICKEL Dir geb ich, der Menschheit gedient, bei dem Unheil, das du angerichtet hast.

Fritz schleppt einen Ofen herein.

STEINRÜCK Ja, jetzt ists Unheil, jetzt auf einmal, jetzt bin ichs wieder gewesen. Dein Auftrag wars, dein Gewinn, ein Undank ist das, wo man nichts weiter will, als in Ruh sterben.

NICKEL In Ruh sterben, das könnt dir so passen, in meiner Lage! Fritz, den Schreibtisch auch da rüber!

STEINRÜCK *weint auf* Mein Schreibtisch, mein Platz!

MALCHEN Nickel, du bist aber auch zu widerlich. Laß doch dem alten Mann sein Zimmer.

NICKEL Widerlich, du alte Schraube. Fritz! Das Sofa! Selber widerlich! Guck dich doch an, und sowas ist meine Frau! Das Sofa aus dem Blauen Zimmer!

Fritz ab.

MALCHEN *weint* Das muß ich mir sagen lassen. Wegen dir leb ich zwanzig Jahr am Arsch der Welt, dreißig Kilometer vom nächsten Metzger entfernt, mitten im Wald, zwecks Geheimhaltung. Verzichte auf meinen Platz in der Oper! Damit nichts rauskommt, lebe ich in einem Haus mit Ofenheizung, wo einem noch nicht mal ein Keller –

NICKEL Ruhig!

MALCHEN Noch nicht mal ein Keller zur Verfügung steht. Der einzige Dienstbote ist ein zusammengenähter –

NICKEL Bist du still!

MALCHEN Nein, jetzt bin ich nicht still.

STEINRÜCK Sags ihm! Sags ihm!

NICKEL *zu Steinrück* Na, du kannst was erleben!

MALCHEN Der einzige Dienstbote ist ein zusammengenähter Krüppel. Ich sage nichts. Der Herr befiehlt! Ich muß mich von seinen reinen Kinderaugen –

NICKEL Hör auf, ich bitte dich.

STEINRÜCK Weiter!

MALCHEN Von seinen reinen Kinderaugen ansehen lassen. Ihm ists gleich, wie ich mich erschrecke.

NICKEL Wie furchtbar! Wie furchtbar!

MALCHEN Ich wär auch gern jung! Meinst du, einer Ehefrau macht es Spaß, unten betatscht von einer 20jährigen Hand und oben leckt eine Zunge von 60?

NICKEL Die Zunge ist auch 20! *Er weint.* Ich bin mir doch auch widerlich, Malchen, in meiner neuen Haut. Meine linke Hand ist mir erschienen im Traum, droht von oben, meine eigene Hand zeigt mir die Faust. Ich reiß sie mit meiner rechten Hand herunter, da krümmt sie sich zur Kralle, umfaßt mir den Hals, jetzt bin ich schon in meinem eigenen Körper nicht mehr sicher. Nachher wächst mir dieses neue Haar über den Kopf und nachts in den neuen Mund –

STEINRÜCK Komm, Nickel, ich geb dir jetzt mal die Spritze, die du so gern hast.

NICKEL Und an dem Tag, an dem ich meine inneren Schwierigkeiten bekomme, da werdet ihr frech. *Zu Malchen.* Dir habe ich jeden Wunsch von den Augen abgelesen! Einen Flügel! Ein Spinett plus Hocker. Vorn und hinten hab ich dirs reingestopft. Und du, du Biologe, kamst angekrochen ohne Lehrstuhl. Nicht mal die Kröten für deine Frösche hast du gehabt. Und was wurde dann nicht alles versprochen. Gott und die Welt. Ganze Kulturen williger Arbeitskräfte.

STEINRÜCK Habe ich nie versprochen! Habe ich nie im Leben versprochen!

NICKEL Du hast mir gesagt: Wenn wir soweit sind, Nickel, dann kannst du zum Beispiel eine Bank überfallen, und in der selben Minute säufst du als dein Ebenbild gemütlich unter Entlastungszeugen ein Bier, hast du gesagt.

STEINRÜCK Zum Beispiel, hab ich gesagt, zum Beispiel! Ich war mir nie sicher, obs geht.

NICKEL Ja, so seid ihr! Große Beispiele im Kopf, ein gutgläubiger Unternehmer stellt sich als Versuchsperson zur Verfügung, läßt seine Steinbrüche in Stich, macht Schulden, und eines Tages kommt der große Entdecker und sagt: Ich komme nicht weiter, die werden gefährlich. Mein Geld ist weg. Aber ich sage nichts. Ich gebe mich zufrieden mit einer

Unsterblichkeit, von der mirs jetzt schon übel wird. Und dann bitte ich nur um eins: Laßt Vergangenes vergangen sein. Ich will jeden Anspruch aufgeben, aber laßt Vergangenes vergangen sein. Ich will nichts weiter als in einer fremden Stadt von vorne anfangen, leben von meiner Hände Arbeit –

MALCHEN Seine Hände! Seine Hände!

NICKEL Und dafür bitte ich nur um eins, flehe euch an: Sprecht Worte wie »Unsterblichkeit« wie »Keller« oder »Pseudovater« nicht mehr aus! Aber nein, es wird in meinen Schuldgefühlen herumgewühlt. Ja, ich habe Schuld auf mich geladen, so groß, daß sie kein irdisches Gericht sühnen kann. Ich habe Angst, und ich habe diese Angst satt. Ich stelle mich. Ich bring uns alle ins Zuchthaus, falls wir überhaupt noch so weit kommen. *Zu Malchen.* Faß doch den Boden an, mit deiner Dummheit! Schon wieder wärmer! Man hört sie schon schmatzen. Die haben uns nur noch nicht geortet. Wir können uns gratulieren, wenn wir noch rechtzeitig ins Zuchthaus kommen. Aber vorher verkauf ich alles. Denn wenn hier einer leidet, dann bin ichs. Schließlich bin ich derjenige, der Selbstmordgedanken hat. Und muß jetzt herumlaufen ohne schwarzes Haar! *Fritz kommt mit dem Sofa durch die Tür. Nickel fährt zusammen und sieht sich ängstlich um, dann* Ach Kerl, ich könnt dir deine beiden linken Hände abhacken! *Erschrocken.* Nein, das wollt ich nicht sagen. Nicht noch mehr versündigen! *Gerührt.* Er verstehts ja doch nicht. Malchen, ich will dich doch nicht verlieren. Malchen, mein Malchen, gib mir die Hand.

MALCHEN Mein Männchen! Ich bin doch bei dir! Jetzt läßt du dich operieren. In ein paar Tagen ist alles vorbei. Dann gehn wir zurück.

NICKEL Professor, nichts für ungut. Ich bin ekelhaft. Bringen wir die Sache zu Ende, wie geplant.

STEINRÜCK Ich bin doch auch froh, wenn wir fertig sind. Leg dich oben noch ein bißchen hin und komm in einer Viertelstunde runter. Dann sind wir soweit.

NICKEL Ich will mich doch nicht auch noch mit euch anlegen.

STEINRÜCK Du brauchst keine Angst zu haben, Alter. Es sind sechs Meter Höhe bis zur Klappe! Und blind sind sie auch.

NICKEL Fritz, auf! Die Möbel wieder hin, wo sie warn! *Malchen und Nickel ab, Fritz mit Sofa hinterher.*

6. Auftritt

STEINRÜCK *setzt seine Maske auf* Doktor, ich brauche Sie. Doktor ich brauche Sie!

DOKTOR *steif* Grundlos greift kein Sohn den Vater an. Was ist das?

STEINRÜCK Eine Frisierkommode. Doktor, damit wir klar sehen, das weiß ich schon lange, daß der Clonus nicht blind ist, aber eines steht fest: Ein Clonus, der nicht blind ist, ist gefährlich. Sobald er seinen Zellenspender erkennt, greift er ihn an. Bereiten Sie jetzt die Transplantation vor.

DOKTOR Aber das ist nicht bewiesen!

STEINRÜCK Doch.

DOKTOR Wodurch?

STEINRÜCK Indem ich es sage. *Er zeigt auf die vielen Zettel.* Weil es hier steht! *Der Doktor will einen Zettel aufnehmen. Steinrück ängstlich* Privat! Privat! Drei Meter! *Der Doktor weicht in äußerster Verlegenheit zurück.* Sagen Sie, haben Sie vielleicht in der letzten Zeit das Bedürfnis gehabt, Bücher zu lesen, die ich Ihnen nicht ausdrücklich empfohlen habe?

DOKTOR Nein.

STEINRÜCK Oder haben Sie das Bedürfnis gehabt, einen Blick auf diese Zettel hier zu werfen.

DOKTOR *erschrocken* Nein! Nein!

STEINRÜCK Das ist nämlich privat! *Hämmert es ihm ein.* Privat! Privat! *Der Doktor zuckt zusammen. Steinrück verschließt den Zettelkasten im Schreibtisch und geht in sein Schlafzimmer.*

DOKTOR *seine Verlegenheit überwindend, zu Fritz, der zurückgekommen ist und jetzt gerade mit der Kommode zur Tür raus will* Fritz, komm her, wir lernen mal wieder ein Wort. Gesprenkelt. *Er spricht es ihm vor.* Gesprenkelt. Gesprenkelt.

FRITZ *artikuliert mühselig* Gesprenkelt.

DOKTOR Na, Fritz, wie fühlst du dich denn so?

FRITZ *mühsam* Gesprenkelt.

Der Doktor lacht.

STEINRÜCK *kommt im Ärztekittel aus dem Schlafzimmer* Spielen Sie hier nicht rum. Der hat ihnen doch nichts getan. Machen Sie endlich, daß Sie Ihre Hände waschen.

Fritz mit Kommode ab.

DOKTOR Nehmen wir mal an, der Clonus muß blind sein. Aber muß er unbedingt physisch blind sein? Könnten wir nicht eine bessere Sorte von Blindheit erfinden? Könnte man ihn nicht so abrichten, daß er nur das sieht, was für seine Arbeit notwendig ist? Das wäre doch denkbar?

STEINRÜCK Ja denkbar, aber was für ein Umstand! Da kann ich mir auch gleich einen Menschen erziehen. Es zahlt sich nicht aus.

DOKTOR Warum?

STEINRÜCK Weil ich es sage.

DOKTOR Man muß es versuchen.

STEINRÜCK Man muß es nicht versuchen. Man muß nicht alles versuchen. Ich bin ein gutmütiger Mensch, Doktor, aber Sie erkennen keinerlei Erfahrung an. Ich habe das alles schon vorher versucht, und dann habe ich die Versuche abgebrochen.

DOKTOR Warum?

STEINRÜCK Wenn Sie wüßten!

DOKTOR Ja, das wüßte ich gern, Professor. Ich glaube aber eher: Wenn Sie wüßten!

STEINRÜCK Was, wenn ich wüßte?

DOKTOR Wenn Sie wüßten!

STEINRÜCK Was soll denn das, Doktor?

DOKTOR Sie wissen nicht mehr, warum Sie damit angefangen haben, und Sie wissen nicht mehr, warum Sie damit aufgehört haben.

STEINRÜCK Das weiß ich aber sehr genau, Kollege, warum ich damit aufgehört habe.

DOKTOR Und warum?

STEINRÜCK Das kann ich Ihnen nicht sagen.

DOKTOR Es sieht so aus.

STEINRÜCK Ich verbitte mir diesen Ton! Das hat gar nichts mit meinem Alter zu tun.

DOKTOR Wollen wir uns nicht ereifern! *Er macht eine versöhnliche Bewegung auf Steinrück zu.*

STEINRÜCK *ängstlich* Drei Meter! Drei Meter!

DOKTOR *zurück* Entschuldigung. – Professor, seit ich mich erinnern kann, arbeite ich mit Ihnen zusammen. Was ich weiß, weiß ich von Ihnen. Dafür mache ich für Sie die Kleinarbeit, soweit es meine Augen zulassen. Wir sind aufeinander angewiesen. Sie haben damals, vor meiner Zeit, Versuche begonnen und wieder abgebrochen. Sagen Sie mir wenigstens, auf Grund welcher Versuchsergebnisse Sie sie abgebrochen haben.

STEINRÜCK Wissen Sie, was ich an Ihnen nicht leiden kann? Ihre Kälte! Ihre Ruhe! Daß Sie immer alles besser wissen. Außerdem habe ich es vergessen.

DOKTOR Sie vergessen viel, aber das haben Sie nicht vergessen. Denken Sie nicht, daß Wissenschaftler, die zusammenarbeiten, Ihre Ergebnisse austauschen sollten? Oder sind Sie da anderer Ansicht?

STEINRÜCK Ich bin da gar nicht anderer Ansicht! Ich habe nur eine andere Ansicht von Ihnen als Sie sie von sich haben.

DOKTOR Dem wird wohl niemand widersprechen!

STEINRÜCK *erregt* Es gibt nämlich einen Reichtum, der nicht Armut bedeutet.

DOKTOR Bezweifelt niemand.

STEINRÜCK Sie können mich nicht verstehen.

DOKTOR Bitte, Sie sind erregt.

STEINRÜCK Ich bin nicht erregt!

DOKTOR Gut, bitte!

STEINRÜCK Jawohl, ich bin erregt und bin stolz drauf!

DOKTOR Meinetwegen!
STEINRÜCK Weil Sie nämlich nicht erregt sind.
DOKTOR Tut mir leid.
STEINRÜCK *förmlich* Herr Doktor, Sie werden nicht mehr gebraucht.

Der Doktor will sich gerade in seinen Sessel setzen, da kommt Nickel mit Malchen herein.

STEINRÜCK Halt, Doktor, ich brauche Sie! Jetzt hab ich schon die Operation vergessen! *Ab ins Schlafzimmer.*
NICKEL Punkt halb! Punkt halb! Der Patient hetzt sich ab, und die Ärzte machen Nickerchen!
STEINRÜCK *aus dem Schlafzimmer* Ich mache kein Nickerchen, ich zieh mich um! Zieh dich aus!
NICKEL Schon dabei, schon dabei! Doktor, meine Spritze! *Der Doktor holt sie.*
NICKEL Wenn ich dich nicht hätte, Malchen!
MALCHEN Das geht vorbei. Dann bist du ein neuer Mensch!

Malchen hilft Nickel beim Ablegen der Kleidung. Der Doktor gibt Nickel eine Spritze.

NICKEL Dann aber nichts wie raus hier! Unter Leute! Ich bringe den Laden wieder hoch! Ohne mich gings halt doch nicht! Werner nimmt sich raus, mir zu schreiben: »Die Zeit des Natursteins ist vorbei«! Aber ich sage euch: »Die Zeit des Natursteins ist nicht vorbei!« Wenn ich erst wieder drin bin. Die Zeit von Werner ist vorbei! Der Mann kann nichts, deswegen rät er mir zum Verkauf! Hochhäuser mit Naturstein, wenn ich mich erst dahinter klemme! Sobald ich von meinen Schulden bei Pelzig runter bin, schick ich euch Geld. Dann gibts eine Extraration für meine kleinen Molche, und ihr könnt weiter forschen. Vielleicht kommt doch noch was raus! *Die Spritze beginnt zu wirken.* Und abends lesen wir ein gutes Buch unter der grünen Lampe. *Schläft ein, wird vom Doktor hinausgebracht.* Malchen, bleib bei mir – Unter der grünen Lampe! *Durch den Lautsprecher* Malchen, Malchen, Malchen.

MALCHEN *ins Mikrophon* Ich bin ja da! Schlaf!

DOKTOR Professor, ich bin soweit!

NICKEL *durch den Lautsprecher* Komm zu mir, Malchen! Halt mir die Hand! Aber zieh dir Handschuhe an!

II. Akt

1. Auftritt

PELZIG *von draußen* He!
STEINRÜCK Ist da jemand?
MALCHEN Nein, nein. Wie soll denn hier jemand herkommen.

Pause.

PELZIG *von draußen* Hallo!
MALCHEN *entsetzt* Da ist doch jemand!
STEINRÜCK Hier war doch noch nie jemand!
PELZIG He!
MALCHEN Aber jetzt!
PELZIG Klaus!
MALCHEN Auch noch mit Vornamen.
PELZIG Nickel!
MALCHEN Der kennt uns!
STEINRÜCK Da hat uns einer gefunden.
MALCHEN Eine Woche vor Schluß!
STEINRÜCK Geh rauf! Fang ihn ab!
MALCHEN Zu spät.

Steinrück flieht in den Operationsraum. Pelzig tritt auf.

MALCHEN *erschrocken* Vetter Pelzig!
PELZIG Malchen, Kopf hoch. Das hätten wir uns auch nicht träumen lassen, daß wir uns so wiedersehen. Aber heute ist auch eine Geisteskrankheit nicht das letzte Wort, das gesprochen wird.
MALCHEN *besorgt* Wie kommst du her?

PELZIG Als Verwandter, nicht als Gläubiger. Ich kann euch doch jetzt nicht im Stich lassen. Wie gehts ihm?

MALCHEN Bald wieder gut.

PELZIG Kommt er raus?

MALCHEN In einer Woche.

PELZIG Ist er denn wieder bei sich?

MALCHEN Wo?

PELZIG Bei sich?

MALCHEN Sicher.

PELZIG Kann er auch wieder sprechen?

MALCHEN Warum denn nicht?

PELZIG *zieht eine Zeitung heraus* Weils hieß, er lallt.

MALCHEN Wer?

PELZIG Der Junge!

MALCHEN *erschrocken* Woher weißt du, daß er jung ist? Das ist doch geheim.

PELZIG Geheim, daß ein Junge jung ist? Ich kann doch rechnen. Seit zwanzig Jahren seid ihr aus der Welt, vorher war kein Kind da, also ist der Junge höchstens neunzehn. Hier ist das Bild! *Er zeigt ihr ein Bild aus der Zeitung.*

MALCHEN *starrt in die Zeitung, verwirrt* »Wer kennt die abgebildete Person?«

PELZIG Hab ich doch gleich erkannt! Dem Nickel wie aus dem Gesicht geschnitten. Wo steckt der Alte?

MALCHEN *abwesend, in die Zeitung starrend* Ist tot.

PELZIG Was tot, der hat mir doch noch vor vierzehn Tagen eine Anweisung quittiert, wieso dann tot? Der Sohn im Kreiskrankenhaus, der Vater tot. Warum erfahr ich sowas nur durch Zufall?

MALCHEN *starrt in die Zeitung* Was heißt das alles? »Nirgends Hornhaut. Blutige Füße.«

PELZIG Die Ärzte sagen, sowas haben sie noch nicht gesehen, bei einem Zwanzigjährigen. Keine Hornhaut an Füßen und Fingern. Er ist wohl stundenlang barfuß durch den Wald gelaufen, eh ihn der Autofahrer gefunden hat.

MALCHEN *schreit* Wie kommt so ein Bild in die Zeitung?

PELZIG Das macht die Polizei immer, um die Angehörigen zu suchen, weil er nicht sagen konnte, wer er war.

MALCHEN *immer entsetzter* Der sieht doch aus wie mein Mann! Aber ich kenne den nicht!

PELZIG Deinen Sohn?

MALCHEN Ich hab keinen Sohn.

PELZIG Du hast keinen Sohn?

MALCHEN Doch, ich habe einen Sohn. Aber erst in einer Woche.

PELZIG Das ist doch nicht möglich.

MALCHEN *zeigt auf den Operationsraum* Da drin. Der Sohn ist mein Mann.

PELZIG Na, hör mal!

MALCHEN *sieht auf den Boden, denkt nach* Das kann doch nicht sein. Das glaub ich nicht. Undenkbar. Aber es muß so sein! *In Panik* Ein Molch!

NICKEL *von hinten, verschlafen* Wer ist da?

STEINRÜCK *von hinten* Pst. Pelzig!

NICKEL *von hinten* Wer?

MALCHEN Ein Molch!

STEINRÜCK Pelzig!

MALCHEN Ein Molch!

PELZIG Wer?

MALCHEN *abrasend* Die abgebildete Person! Ein Molch! Ein Molch ist frei! Ein Molch läuft herum!

NICKEL *kreischt von hinten* Maßnahmen ergreifen. Ein Molch läuft herum! Jetzt kommen sie alle hoch.
PELZIG Das war doch die Stimme vom alten Nickel.
STEINRÜCK Doktor, Ventil zu. Aber sonst kein Wort!

2. Auftritt

PELZIG Na, hier ist was los!

Der Doktor tritt heraus.

PELZIG *während der Doktor ein Ventil, das in einem zum Keller führenden Rohr sitzt, zudreht* Und Sie sind schuld, niemand sonst. Sie sind schuld, Professor, Sie sind schuld!
DOKTOR Doktor!
PELZIG Gut! Wegen mir Professor Doktor, schuld sind Sie!
DOKTOR Nur Doktor!
PELZIG Gehts jetzt um Titel? Ein Sohn ist hinüber, die Mutter dazu, und mein Geld steckt drin. *Weil ihn der Doktor befremdet anstarrt.* Ich bin Pelzig! Pelzig!
DOKTOR Pelzig? Wo sind Sie Pelzig?
PELZIG Du lebst von Nickel, aber Nickel lebt von mir. Ich kann euch alle platzen lassen, also werd jetzt nicht witzig. Ich bin Vetter Pelzig. Dir habe ich deine ersten Versuche mit Affen bezahlt.
DOKTOR Ich kenne keinen Vetter, ich kenne keine Affen.
PELZIG Ja jetzt, weil du mit deinen Spielereien ein altes Familienunternehmen ruiniert hast. Da willst

du mich nicht verstehen, Alter, da willst du mich nicht kennen. *Erschrickt* Verzeihung, nehm alles zurück. Sie sind um die dreißig, und ich bin sechzig. Dann war das Ihr Vater.

DOKTOR Was für ein Vater?

PELZIG Der dem Nickel das Geld aus der Tasche geleiert hat, für seine blödsinnigen Zellen.

DOKTOR Aber die sind nicht blödsinnig, die lernen jetzt sehen.

STEINRÜCK *von hinten* Jetzt verrät er alles!

PELZIG Sehen? Wer?

DOKTOR Der Clonus ist ein entwicklungsfähiges Lebewesen.

NICKEL *von hinten* Schnall mich ab!

PELZIG Clonus?

NICKEL *von hinten* Macht mich wach!

STEINRÜCK *von hinten* Sei still! Alles kommt raus! Doktor, Sie werden nicht mehr gebraucht.

NICKEL *von hinten* Dann kommt alles raus! Ab jetzt bin ich offen und ehrlich. Vielleicht hab ich damit mehr Glück!

PELZIG *zu dem erstarrten Doktor* Wer quatscht denn da dauernd? Jetzt stellt der alte Betrüger sich schlafend? Ach nee, er ist es gar nicht!

3. Auftritt

Nickel mit Steinrück aus dem Operationsraum. Nikkel versucht, gegen die Wirkung des Beruhigungsmittels anzukämpfen.

NICKEL Vetter Pelzig ich will dir alles erklären: Ich bins!

PELZIG Der Sohn?

NICKEL Nein, Vater, nein, auch kein Vater, weil, ich hab keinen Sohn, ich bins, der Alte.

PELZIG Mir reichts, meine Herren, ob bewußtlos, ob mit oder ohne Maske *Steinrück nimmt die Maske ab*. Ach, Sie sind das, Steinrück – mir reichts. Ob der Sohn sein Vater ist, ob die Mutter ihr Kind geheiratet hat, ich wills nicht mehr wissen! Ich frage nur eins: Wo steckt mein Geld!

NICKEL *zeigt an sich runter* Hier! Hier steckt dein Geld! Hör zu, alte Haut, Herbert Pelzig, du bist ein guter Kerl, du läßt deine Verwandten nicht sitzen. Du kriegst unsere Adresse heraus – wahrscheinlich von Werner, der Wanze – fährst tagelang im Auto –

PELZIG Verfahrn hab ich mich!

NICKEL Siehst du! – und findest uns endlich im tiefsten Gestrüpp. Nur um zu helfen! So bist, so warst du immer. Ich hab dir damals gesagt: Ich bin da hinter was her, das wälzt alles um. Ich darf nur noch nicht darüber reden! Aus menschlich rechtlichen Gründen. Und du hast keine Fragen gestellt, aber du hast mir Geld gegeben. Und jetzt sollst du auch was davon haben. Ab heute, ab sofort, umständehalber, bin ich bereit, dich zu beteiligen. Retter in der Not, Pelzig, das ist das Geschäft deines Lebens.

PELZIG Wer wollen Sie sein?

NICKEL Ich verkauf dir eine Idee, die sich gewaschen hat.

STEINRÜCK Meine Idee! Das ist meine Idee!

NICKEL Ruhe! Ich brauch nochmal dreihunderttausend! Hier, Pelzig, sieh dir mein Gesicht an!

STEINRÜCK Meine Idee wird nicht verkauft.

NICKEL Ruhig! Siehs dir genau an! Was siehst du?

STEINRÜCK Meine Idee! Und wenn ich ins Zuchthaus komme!

NICKEL *zischelt* Du kommst auch ins Zuchthaus. Du bist schuld an dem Ausbruch! Da heißt es, ich bin durchgedreht, weil mir wässrige Augen erscheinen. Und in Wirklichkeit ist das Unglück schon ausgebrochen und wird von einem Autofahrer ins Kreiskrankenhaus gefahrn. Wo mich jetzt die hübschen Krankenschwestern für einen Blödmann halten, weil du die Leiter stehen läßt, so vertrottelt bist du! *Zu Pelzig, auf Steinrück zeigend* Pelzig, dieser Mann, dem früher keiner vertraute, auch du nicht, verdient jetzt die Bewunderung der Welt. Er hat es erreicht!

STEINRÜCK Nichts hab ich erreicht! Wenn ich dich nur ansehe!

NICKEL Was andere nur mit Fröschen schaffen, er schafft es mit Menschen! Er nimmt dir eine Zelle aus deinem Körper, legt die Zelle in eine Flüssigkeit, und die Zelle teilt sich und wächst und wächst zu was heran, das dir ähnlich ist wie ein Zwilling, nur noch viel ähnlicher als ein Zwilling. Weißt du, was das bedeutet? *Zeigt sein Gesicht.* Was siehst du? *Pelzig starrt ihn an.* Du siehst das Gesicht eines jungen Mannes! Siehs dir an, Pelzig! Siehs dir an!

PELZIG *der in das Gesicht gestarrt hat, ängstlich* Beruhigen Sie sich.

NICKEL *brüllt* Das Gesicht ist Gold wert. Da brauchst du gar nicht zu glotzen. Gold!

PELZIG Kann schon sein.

STEINRÜCK Laß den Mann gehn! Von mir aus kommt alles raus, und ich bin auch noch stolz drauf, aber dem wird nichts verkauft.

PELZIG *zieht sich zurück* Ja, Steinrück hat Recht! Lassen Sie mich!

NICKEL *hält ihn an der Hand* Was hier verkauft wird, bestimme ich. Die Zukunft, Pelzig, die absolute Zukunft, Unsterblichkeit.

PELZIG Verzichte!

NICKEL *laut* Verzichten? Auf Stämme willenloser Arbeitskräfte?

PELZIG Ich wollte Sie nicht kränken.

DOKTOR *regt sich, gequält, wie von weitem* Helft mir! Holt mich raus! Holt mich raus!

PELZIG Was hat er?

NICKEL Er spricht im Schlaf. Hier funktioniert auch nichts mehr.

STEINRÜCK Doktor, Sie werden nicht mehr gebraucht.

DOKTOR Holt mich raus!

STEINRÜCK Doktor, Sie werden nicht mehr gebraucht.

DOKTOR Helft mir, holt mich raus!

NICKEL Dann hol ihn doch raus. Damits hier Ruhe gibt. Ich führe eine Verhandlung. Und gib mir was, das mich wach macht.

STEINRÜCK *setzt seine Maske auf* Doktor ich brauche Sie.

Der Doktor erhebt sich.

DOKTOR *hellwach* Ich bin doch nicht blind!

NICKEL Jetzt aber Ruhe! Ich hab Besuch von meinem Bankier! Vetter Pelzig, hast du dir schon mal überlegt, was du mit einem Haufen von Leuten machst, von denen einer genauso aussieht wie der andere? Derselbe Körper, dasselbe Gesicht, dieselben Fingerabdrücke. Was machst du mit diesem Haufen?

PELZIG Weiß ich nicht.

NICKEL Paß auf! Nehmen wir an, du hast einen Mann, der arbeitet für dich und hat eine geschickte Hand, und es hat Geld gekostet, diese Hand so geschickt zu machen. Jetzt kommt der Mann unters Auto und nichts bleibt ganz, nur die Hand. Was machst du mit der Hand?

PELZIG Weiß ich nicht.

NICKEL Die schmeißt du weg, die Hand, weil sie nirgends paßt. Aber bei uns, da ist noch das letzte Ohr verwendbar! Bei uns läßt du aus fünf Wracks ein neues Ding zusammennähen. Und weißt du, wer diese Näharbeit macht? Ein Clonus. Alles möglich.

PELZIG Alles möglich.

STEINRÜCK Unmöglich!

PELZIG Unmöglich!

STEINRÜCK Weil nämlich nie ein Clonus einen anderen Clonus lebensgefährlich verletzt. Es ist undenkbar, daß ein Clonus einem anderen die Hand abschneidet.

DOKTOR Denkbar wäre das schon.

NICKEL Na bitte!

STEINRÜCK Halten Sie sich doch raus!

NICKEL Laß ihn doch reden! Los, Doktor!

DOKTOR Es wäre denkbar, das Tabu zu umgehen, wenn wir die Amputation in einzelne Handgriffe zerlegen und von einzelnen Spezialisten so ausführen ließen, daß keiner den Überblick über den gesamten Vorgang und seine Folgen hätte. Der erste schnallt den Spender auf den Tisch, weiß nicht wozu, geht. Der zweite betäubt ihn, weiß nicht wozu, geht. Der dritte führt einen ersten Schnitt, weiß nicht wozu, geht. Der vierte vertieft den Schnitt, weiß nicht wozu, geht. Der fünfte trennt die Hand vom Arm, weiß nicht wozu, geht.

STEINRÜCK Fünf Spezialisten für eine einzige Hand!

DOKTOR Wenn fünf Spezialisten an fünf Tischen zugleich anschnallen, betäuben, einschneiden, könnten wir über hundert Hände am Tag gewinnen.

STEINRÜCK Ich weiß nicht, ob Herr Pelzig hundert Hände pro Tag gebrauchen kann – *Pelzig lacht.* Ich jedenfalls habe in meinem Leben nicht mehr als drei Hände gebraucht. Und die waren noch nicht mal für mich. *Pelzig hört auf zu lachen.* Außerdem ist das alles Spekulation.

PELZIG Spekulation! Genau!

STEINRÜCK *zu Pelzig* Wir können einen Clonus nie soweit entwickeln, daß er einen chirurgischen Eingriff vornehmen könnte. Nicht daß er dazu nicht fähig wäre, nein, es ist zu gefährlich. Wir besitzen ein Ding, das uns zwingt, es dauernd zu fliehen.

DOKTOR Das ist nicht bewiesen.

STEINRÜCK Sie müssen Ihr Maul grad aufreißen!

NICKEL Laß ihn reden, sag ich. Er gibt sich wenigstens Mühe. Also Doktor, was ist nicht bewiesen?

STEINRÜCK Was ist nicht bewiesen? Was ist nicht bewiesen? Wer schleppt denn Frisierkommoden herum? Doch du! *Zu Pelzig* Er hat nämlich vorhin schon Frisierkommoden herumgeschleppt, und er hat Recht, wenn er Frisierkommoden herumschleppt, denn dieser Herr *zeigt auf den Doktor* spielt mit Licht, läßt Leitern stehn und reißt dann noch sein Maul auf.

DOKTOR Ich hab die Leiter nicht stehenlassen.

STEINRÜCK Sie haben die Leiter stehenlassen.

DOKTOR Ich hab die Leiter nicht stehenlassen.

STEINRÜCK Sie haben die Leiter stehnlassen. Und ein Clonus ist frei. Und Herr Nickel ist sich widerlich, seine eigene Hand erhebt sich gegen ihn, und das will er jetzt noch verkaufen.

NICKEL Jawohl, das will ich verkaufen! Dafür hab ich mein Leben lang heimlich gelebt. Und du vermasselst mir jetzt nicht das Geschäft.

PELZIG Ich versteh überhaupt nichts mehr! *Will raus.*

NICKEL *hält ihn* Hör zu, Vetter, es ist doch ganz einfach. Du willst doch auch mal unter Zeugen ein Bier trinken? Beziehungsweise nicht erkannt werden? Ich meine, du willst auch mal in eine Bank einbrechen? Nein, du nicht, Entschuldigung, paß auf, andersrum: Du willst doch auch mal wieder jung sein?

PELZIG Ja bitte, gern.

NICKEL Na also! Und dann bist du jung, hast aber Angst, weil deine Paula sich aufregt, wenn du abends noch rauswillst. Und in diesem Fall, da legst du ihr einfach einen von denen ins Bett. Hast du begriffen?

PELZIG Ja, ja, interessant. Ihr habt alle zu lange abgeschlossen gelebt.

NICKEL Und deswegen will ich auch raus. Schlag ein, Pelzig, schlag ein! Aber bitte halt dicht.

PELZIG Bis morgen!

NICKEL Pelzig, die Hand, die du schüttelst, wird im September neunzehn.

Pelzig zieht seine Hand zurück und ab.

III. Akt

1. Auftritt

NICKEL Es geht aufwärts! Jetzt aber her mit den Haaren! *Ruft hinter Pelzig her* Und bring das Geld mit!

STEINRÜCK Die Polizei wird er mitbringen. Aber ich sag gar nichts mehr.

NICKEL Die Klappe auf! Die Haare her! *Ab in den Operationsraum.*

STEINRÜCK *zum Doktor* Na, dann steigen Sie ab!

DOKTOR Fritz! Die Leiter!

Der Doktor rollt einen Teppich beiseite, der an der Stelle liegt, auf die Nickel die Kommode geschoben hatte. Im Boden eine Falltür, in deren Mitte ein kleines Glasfenster.

2. Auftritt

Fritz mit einer Leiter

DOKTOR *hat an der Klappe gezogen, doch die Klappe hat sich nicht gerührt* Fritz, faß mal mit an!

Fritz kommt in die Nähe der Klappe und weicht ängstlich zurück.

DOKTOR Fritz, hierher!

Fritz kommt nicht näher, er wimmert. Als der Doktor ihn zwingen will, schlägt er nach dem Doktor.

FRITZ Ich bin der erste, und du bist der zweite.

DOKTOR *aufgeregt ins Mikrophon* Professor, der Fritz hat eben nach mir geschlagen!

STEINRÜCK *durch den Lautsprecher* Machen Sie mir die Tür auf! *Steinrück tritt mit feuchten, vor der Brust erhobenen Händen durch die geöffnete Tür. Bis zum Schluß behält er, sinnlos die Regel der Sterilität einhaltend, die Hände in dieser Stellung.*

STEINRÜCK Warum sind Sie noch nicht unten?

DOKTOR Der Fritz hat eben einen Satz gesagt, den er nicht von mir hat.

STEINRÜCK Ich brauche sofort das Transplantat!

DOKTOR Ich krieg die Klappe nicht auf, und der Fritz faßt nicht mit an!

STEINRÜCK *neben der Klappe* Fritz, komm her!

Fritz kommt näher, weicht zurück.

DOKTOR Der hat eben einen ganzen Satz gesagt, den er nicht von mir hat.

STEINRÜCK *lauscht zum Boden hin* Da plätschert doch was. Ich hörs bis hier herauf!

NICKEL *durch den Lautsprecher* Wo seid ihr?

STEINRÜCK Hier! Jetzt ist er wieder wach! Kommen Sie mal her, Kollege! Oder täusch ich mich! *Er weicht drei Meter zurück.* Sehen Sie mal durch das Fenster. Ich mein, ich hätte eben da unten ein Licht gesehen.

DOKTOR Unmöglich!

NICKEL *durch den Lautsprecher* Was ist denn?

STEINRÜCK Nichts! Ein schwaches grünes Licht! *Der Doktor hat durch das Fenster gesehen, ist von der Klappe gesprungen.* Haben Sie's gesehen?

DOKTOR Ich bilde mir ein, ich hätte eben unmittelbar unter der Scheibe ein Gesicht gesehen.
STEINRÜCK Sechs Meter über dem Boden?
NICKEL *aufgeregt* Mach mich los! Ich kann mich nicht bewegen!
STEINRÜCK Ruhe!
DOKTOR Jetzt ist es weg!
STEINRÜCK Machen Sie sofort die Klappe auf!

Der Doktor zerrt.

NICKEL *von hinten* Was für ein Gesicht denn? Macht die Klappe zu! Ich will raus! Schnallt mich ab!

Pelzig mit Chauffeur herein. Der Chauffeur hat eine Pistole.

PELZIG Da! Was hab ich gesagt! Leitern! Eine Geheimtür! Schon hat er sich dünn gemacht! Die Klappe hoch, sonst knallts!
DOKTOR Die geht nicht hoch! *Er zeigt es.*
PELZIG *zieht mit* Das könnt euch so passen!

Die Klappe geht hoch.

3. Auftritt

An der Unterseite der Klappe festgeklammert ein Clonus, in einer durchsichtigen Hülle, nackt mit bleicher Haut und langen Haaren, sonst dem Nickel ähnlich. Er rührt sich nicht und stöhnt.

PELZIG Na bitte, da ist er!

CHAUFFEUR *erschrocken* Was ist das!
PELZIG Ein Sohn als Vater! Auch noch mit Perücke. Ziehen Sie sich an! Sie gehen mit zur Polizei! Noch heute Nacht.

Der Clonus macht eine kleine Bewegung. Er gewöhnt sich allmählich an das Licht.

Jetzt spiel hier nicht den Blödmann! *Zum Chauffeur* Mach ihm Beine!

Der Chauffeur zwingt den Clonus in Nickels Kleider, der Clonus hat noch nie Kleider gesehen.

STEINRÜCK *verwirrt* Ohne Leiter?
DOKTOR *versteht auch nichts* Ohne Leiter.
STEINRÜCK Die Leiter liegt hier!
DOKTOR Die Leiter liegt hier!
PELZIG Laßt sie liegen. Die wird nicht mehr gebraucht!
DOKTOR *zu Steinrück* Sagen Sie mir doch, was ich machen soll!
STEINRÜCK Das ist der zweite!
DOKTOR Soll ich wenigstens den Pseudovater einschließen?
STEINRÜCK *abwesend* Nickel? Ja, Ja. Der zweite in einer Woche!

Der Doktor schließt die Tür zum Operationsraum ab.

DOKTOR Die nehmen den mit!
PELZIG Den nehmen wir mit!
DOKTOR Und das lassen wir zu?
PELZIG Das laßt ihr zu!

DOKTOR *zu Pelzig* Was meinen Sie denn, wer das ist? *Er hält den Clonus fest.*

PELZIG *reißt am Clonus* Einer, der mich beschissen hat. Loslassen!

4. Auftritt

Malchen mit einem verbrannten Hasen herein. Der Clonus, in Nickels Hose und Jacke, von Malchen zunächst abgewandt.

MALCHEN Hauptsache, du hast deine Haare! Dein eigener Molch ist im Krankenhaus, und du hast nichts im Kopf als deine Haare! *Zeigt den Hasen.* Sieh dir an, was geschehen ist, während du dich verschönern läßt! Zeig mal von vorn die neuen Haare! Völlig verbrannt! *Zu Steinrück* Was ist mit ihm? Warum kriecht der hier auf dem Boden herum nach der Operation?

STEINRÜCK Das wissen wir auch nicht.

DOKTOR Er muß die Wand hochgekrochen sein und an der Decke entlang wie eine Mücke. Eine andere Erklärung gibts nicht.

MALCHEN Zeig doch mal, wie du aussiehst ohne Glatze!

Der Clonus erhebt sich und streckt seine Hand nach Malchen aus. Große helle Augen sind zu erkennen.

MALCHEN *fällt in Ohnmacht* Ich gehe jetzt in den Wald.

PELZIG *zum Clonus* Du hast dich versündigt an deiner Mutter. *Zum Chauffeur, der sich um Malchen bemüht.* Schnell weg hier, eh sie aufwacht, ich kann keine Tränen sehen. *Bedroht den Clonus mit der Pistole.* Vorwärts! *Der Clonus betastet zutraulich die Pistole.* Jetzt tu nicht so, als hättest du noch nie eine Pistole gesehn!

Clonus, Pelzig, Chauffeur ab. Der Clonus ruft, und aus der Tiefe antwortet der Clonusstamm.

5. Auftritt

STEINRÜCK *in Grübelei versunken* Warum nur, warum?

DOKTOR Die hatten zuwenig Luft!

STEINRÜCK An der ganzen Sache stimmt was nicht.

DOKTOR Bei den Säugetieren ist mir nur vom Koboldmaki bekannt, daß er sich kurze Zeit an senkrechten Wänden halten kann.

NICKEL *von hinten* Sind sie weg?

DOKTOR Er uriniert sich auf die Finger!

STEINRÜCK Was?

DOKTOR Das klebt. Aber nur kurz. *Hat nach unten gehorcht.* Jetzt ist es wieder still!

NICKEL Ich will raus!

STEINRÜCK Ich hab was falsch gemacht.

DOKTOR Aber ich nicht, Herr Professor, das ist jetzt bewiesen, ich hab die Leiter nicht stehen lassen. *Macht die Klappe zu.*

STEINRÜCK Von Anfang an falsch!

DOKTOR Vielleicht hätten wir die Luft gleich ganz abdrehen sollen.

STEINRÜCK Ich spreche vom Anfang.

NICKEL Laßt mich raus!

STEINRÜCK Lassen Sie ihn raus. Man kann ja keinen klaren Gedanken mehr fassen. *Doktor ab.* Als ich den Clonus eben sah, fiel mir was ein, und jetzt weiß ich nicht mehr, was es war.

PELZIG *draußen* Stehenbleiben! Stehenbleiben!

CHAUFFEUR *draußen* Au, verdammtes Vieh!

PELZIG *draußen* Wo ist er hin?

NICKEL *mit Doktor herein* Wir müssen raus! Sofort! Malchen, wach auf! Jetzt stecken die Flügel im Mehl! Malchen, laß mich nicht allein! Das Essen ist ja völlig verbrannt! Doktor, das Ventil ganz zu! Meine Hose ist auch weg! Alter, dann hilf mir doch! Sag mir, was ich tun soll! Aber vorher alles anzünden! Raus! Aber ich kann nicht raus! Überall wässrige Augen, im Krankenhaus, bei der Polizei! Und die verraten alles! Die können ja nicht sprechen! Doch die verraten alles, weil es zwei sind! Einer, der zu zweit ist, verrät sich. Das ist klar! Alles kommt raus! Fritz, hol mir die Hosen!

Pelzig, die Sau, hat Geld wie Heu, dafür muß unsereins ins Zuchthaus! Bin selber schuld, konnte nicht genug kriegen. Schwarzes Haar! Das schwarze Haar ist schuld! Das ist doch kein Geschäft! In Indien bringen Kinder mit Rattenköpfen was ein! In Indien! Aber wir sind doch nicht in Indien! Was Gestaltloses regt sich in den Hohlräumen der Erde unter mir. Und dann noch Vorwürfe! Ganz recht, ganz recht, der Fluß kippt um! Der See stülpt sich über sich! Und ich? Ich bin doch genauso dagegen! Ich habe von einer Mühle geträumt, die mahlte und mahlte, und das Mehl füllte die Mühle und begrub den Müller, und das Mehl drang aus der Mühle und begrub die Mühle! Alles weiß! Und ich soll schuld sein? Nein! Wer in einer Wanne aufwächst, wird wannenförmig. So ist das nun mal! Fritz, die Hosen! Und schütt Benzin in das Loch! Schuld ist die Wanne selbst! Und ich lehne es ab, ich lehne es ein für allemal ab, einer lebenden Wanne zu begegnen. Fritz, jetzt aber los!

Er gibt Fritz einen Stoß, Fritz wehrt ab, Nickel haut feste zurück und bekommt einen furchtbaren Hieb. Nickel flieht, Nickel stürzt, Fritz wirft sich über ihn.

NICKEL Ich bins, ich bins, der Herr! Au! Au!

Der Doktor hat eine Spritze aus dem Operationsraum geholt und gibt Fritz eine Injektion. Fritz packt sich den Doktor. Nickel entwischt in den Operationsraum. Fritz hinterher. Verfolgung im Operationsraum, der Doktor und Nickel entkommen und verrammeln mit sämtlichen Möbeln die Tür. Durch die Scheibe ist zu sehen, wie der tobende Fritz plötzlich zusammenbricht.

6. Auftritt

Pelzig mit Chauffeur zurück.

CHAUFFEUR Da steckt er! *Wirft Nickel zu Boden.* Ich geb dir, einen Fahrer beißen!
PELZIG *stellt den Fuß auf Nickel* Ist jetzt bald Schluß mit der Flucht!
NICKEL Da lieg ich. Gehetzt von innen und außen. Gejagt von der ganzen Verwandschaft. Der Molch will Geld. Der Vetter erhebt sich über mich, ob-

wohl wir auf dieselbe Schule gegangen sind. Hast Du denn alles vergessen, Herbert? *Mit jaunernder Stimme und anstoßender Zunge.* Wer hat diesen Schwamm geschmissen? Wer hat diesen Schwamm nach mir geschmissen? Welches Schwein hat diesen Schwamm geschmissen?

PELZIG *höchst überrascht, mit derselben Stimme* Welches Schwein hat diesen Schwamm geschmissen?

NICKEL Das Schwein soll sich melden!

CHAUFFEUR Was ist denn jetzt?

PELZIG Ruhig! *Versonnen* Das Schwein soll sich melden! Das ist doch nicht möglich! Religion beim alten Göbel! Klaus? Was? Nein? Doch! Wirklich Du! Du mit deinen sechzig Jahren!

NICKEL *weint* Ich mit meinen sechzig Jahren!

PELZIG Dann hätte das alles gestimmt? Sieht aus wie dreißig und ist sechzig! Ich sehs und kanns nicht glauben!

CHAUFFEUR Was?

PELZIG Sie können wieder zum Wagen gehen! Alles in Ordnung! Mann, da läßt sich aber wirklich was draus machen, das läßt sich ausschlachten!

Chauffeur ab.

NICKEL Wir reden oben weiter, Herbert. Hier ists ungemütlich. Malchen, steh auf!

PELZIG Professor, ich habe alle Achtung vor Ihnen!

STEINRÜCK Aber ich nicht vor mir.

NICKEL Das arme Malchen! Steh auf! Alles in Ordnung!

STEINRÜCK Nichts ist in Ordnung! Alles Fehlschläge. Angefangen bei dem Krüppel da drin. *Zeigt auf Fritz, der sich wieder aufgerichtet hat.*

NICKEL *über Malchen gebeugt* Der ist auch noch nach der alten Methode gemacht, aus Leichenteilen! Für die Frau war das einfach zu viel!

STEINRÜCK Und die da unten! Ist dir das plötzlich gleich, daß die ausbrechen?

NICKEL Die brechen aus, weil sie unter miesen Umständen leben. Mit Pelzigs Geld können wir die viel besser halten! Dann kommt keiner mehr raus! Ich schwör dir, keiner!

STEINRÜCK Sie sind gefährlich! Sie machen dich fertig! Warum hast du Pelzig auf dem Hals? Weil einer ausgebrochen ist! Sie sind gefährlich!

DOKTOR Das ist nicht bewiesen!

STEINRÜCK Sagt der! Sagt der! Verdammt bin ich, mit einem Idioten reden zu müssen, der Idiot ist durch mich. Warum hab ich damit angefangen? Ich weiß es nicht! Ich weiß es nicht!

DOKTOR Er weiß es nicht!

STEINRÜCK Und ob ich es weiß! Jedenfalls nicht für Kulturen willenloser Wesen, nicht für lebende Fleischbänke, nicht für biertrinkende Doppelgänger!

DOKTOR Sondern?

STEINRÜCK Da! *Zeigt.* Gehn Sie an den Schreibtisch! Nehmen Sie den untersten Kasten! Nehmen Sie die blauen Zettel! Los! Nicht mehr privat! Nicht mehr privat! Lesen Sie irgendeinen! Sie Idiot!

DOKTOR *liest* »Erst wenn die Frau nicht mehr die Last der Schwangerschaft tragen muß, wird sie wirklich frei sein.«

STEINRÜCK *begeistert* Frei, jawohl frei, das wars!

DOKTOR »Nur an einem Lebewesen, das unabhängig von Zufällen aufwächst, werden wir sein Wesen erkennen!«

STEINRÜCK *begeistert* Wesen! Bitte!

DOKTOR »Mitbringen lassen: Zwei Hemden, vier Paar Socken!«

STEINRÜCK *begeistert* Vier Paar Socken! Genau!

DOKTOR »In Zeiten, in denen es dem Menschen verwehrt ist, sich selbst anzuschauen, schafft er ein künstliches Bild des Menschen, um sich daran zu erkennen!«

STEINRÜCK *begeistert* Sich erkennen! Ja! Das wars! Sonst gar nichts!

DOKTOR Das verstehe ich alles nicht!

NICKEL Ja, wenn ders noch nicht mal versteht!

STEINRÜCK Der kanns auch nicht verstehn, weil ich nicht zulassen konnte, daß ers versteht. Als er anfing zu verstehen, wer er war, ging er auf mich los. Dann wollte er sich selbst umbringen. *Zum Doktor.* Du wolltest wissen, warum ich damit angefangen habe! Wegen dir! Und warum ich damit aufgehört habe! Wegen dir! Er denkt nach, wie er andere nach der neuesten Methode blenden kann und ist selbst nach den neuesten Methoden geblendet. Jahre hab ich gebraucht, bis er Fragen, die ihn betrafen, nicht mehr stellte. Und jetzt will er die dort unten erleuchten. *Reißt die Klappe auf.* Seht doch hinunter. Sie werfen schon grünes Licht! Du bist das Ende des Wegs, auf den du mich schleppen willst. Nimm deine Brille, dann siehst du besser! Tritt näher!

Er reißt sich die Maske herunter. Der Doktor nimmt die Brille ab. Der Clonus draußen schreit, der Clonusstamm unten schreit. Dem Doktor schwindelt. Er glotzt seine Brille an und läßt sie fallen.

DOKTOR Die blauen Kornblumen wiegen sich zwischen goldenen Eiern. Und ich hab sie doch gesehen! So hieltest du das Kind, das von der Schaukel fiel. Malchen, geborene Rahm. Das ist eine Frau! Wo ist meine Brille? *Er setzt sich mit größter Mühe die Brille wieder auf, dann schreit er den Professor an.* Ich soll hier fertig gemacht werden durch Behauptungen ohne Sinn! Wer ist hier der Idiot! Setzen Sie sofort Ihr Gesicht wieder auf. *Drohend auf Steinrück zu.* Sonst setz ich es Ihnen auf! Setzen Sie Ihr Gesicht auf!

STEINRÜCK *ängstlich zurückweichend* Doktor, du, Doktor, Sie werden nicht mehr –

Er stürzt ins Loch. Der Doktor will ihn im letzten Moment halten, schafft es aber nicht mehr. Ein Clonus unten schreit.

DOKTOR Doch, ich werde gebraucht.

PELZIG Hilfe, Hilfe, Hilfe –

NICKEL *gleichzeitig mit Pelzig* Viktor! Viktor! *Hat in die Luke gesehen, springt zurück*. Die Wannen sind leer!

CHAUFFEUR *schiebt den angezogenen Clonus vor sich her durch die Tür* Herr Pelzig! Herr Pelzig!

NICKEL Zurück! Nicht reinlassen!

CHAUFFEUR Das sind zwei! Noch so ein Silberschwein!

NICKEL *dem Chauffeur ins Wort fallend* Wenn der reinkommt, bin ich tot! Der darf mich nicht sehen! Ich darf den nicht sehen! Halt ihn zurück. Du Rindvieh!

PELZIG Rindvieh!

CHAUFFEUR Rindvieh? Was bin ich?

NICKEL Ein Rindvieh!
PELZIG Ein Rindvieh!
CHAUFFEUR Der Nacktarsch nennt mich Rindvieh!
NICKEL Schleppt meinen Mörder ins Haus!
CHAUFFEUR *zum Clonus* Halt Ruhe, sonst knall ich dich ab!
NICKEL Lebensgefahr!
PELZIG Lebensgefahr!

Gleichzeitig mit Pelzig rufen Nickel weiter ›Lebensgefahr‹ und der Chauffeur ›Ich knall Dich ab!‹ bis der Doktor unterbricht.

DOKTOR Ruhe! Ich bitte um Ruhe! Keinerlei Lebensgefahr! Selbst angenommen, die Hypothese stimmt, daß der sehende Clonus seinen Pseudovater angreift, so wäre es doch denkbar, ihn so abzurichten, daß er nur das sieht, was für seine Arbeit notwendig ist. Er fragt nicht, woher, wohin. Und wenn er doch fragt, dann sagen wir einfach: Du wirst nicht mehr gebraucht. *Stockend* Du wirst nicht mehr gebraucht! *Er erstarrt in seinem Sessel.*
CHAUFFEUR *zum Clonus* Du sollst nicht beißen!
NICKEL *hält Pelzig* Bleib bei mir, Herbert!
CHAUFFEUR Hier ist doch was faul!
NICKEL Ich wollte doch nichts weiter –
CHAUFFEUR Ich bin das Rindvieh!
NICKEL als in der tiefen Berghöhle –
CHAUFFEUR Aber ihr habt alle Dreck am Stecken!
NICKEL einmal die kleine Pforte öffnen, –
CHAUFFEUR Keiner kommt hier raus –
NICKEL durch die das gleißende Licht fällt.
CHAUFFEUR bis die Polizei kommt! *Zum Clonus.* Du sollst nicht beißen! *Schuß.*

PELZIG Damit hab ich nichts zu tun! *Drängt sich raus.* Ich nicht!

NICKEL *gleichzeitig* Herbert! Herbert! *Er will hinter Pelzig her, aber ein Clonus, der aus dem Loch kommt, klammert sich an seinem Bein fest. Der angeschossene Clonus kriecht auf das Loch zu und wirft sich hinein.*

9. Auftritt

CHAUFFEUR *hinter Pelzig her* Hau ab! Fahr dich selber! Ich mach euch alle fertig! Ich knall sie alle ab, die silbernen Schweine!

NICKEL *kämpft gegen den Clonus, der sich an ihm aus dem Loch ziehen will.* Ja, knall sie ab!

CHAUFFEUR Du bist auch eins von denen!

Nickel ist den Clonus losgeworden und hat die Klappe zugeworfen. Doch schon wird sie wieder hochgedrückt. Ein Clonus, dessen Hände auch Füße sind, drängt sich heraus und flüchtet ins Schlafzimmer. Aus dem Boden dringt eine Hand, an anderer Stelle ein Kopf. Nickel springt hin und her, ins Schlafzimmer kann er nicht, dort ist ein Clonus, hinter der Scheibe des Operationsraumes hat sich Fritz wieder aufgerichtet. In der Außentür steht der Chauffeur mit Pistole. Der Boden beginnt sich zu heben.

NICKEL Das geistlose Fleisch hebt seine Stümpfe, sperrt sein Maul auf und ruft: Wir sind unvollendet durch deine Schuld. Nickel! Ja, was denn? Seht mich doch an!

Der Boden hat sich fast senkrecht aufgerichtet. Nickel klammert sich oben an den Rand.

NICKEL Bin ich vielleicht vollendet!

Er stürzt ab. Der Boden schließt den Guckkasten zu.

Marionetten e. V.

Fernsehspiel
nach einer Erzählung von Ray Bradbury
»Marionettes, Inc.«

Personen

Braling
Braling Zwei
Gladys Braling
Smith
Frau Smith
Empfangschef
Wachmann *Darsteller des Empfangschefs*
Kellner
Doktor
Gäste der Bierstube

Die Umwelt von 2002, dem Jahr, in dem die Geschichte spielt, soll in der Ausstattung und im Verhalten der Personen nicht zu stark von unserer Welt abweichen. Es werden, außer dem künstlichen Doppelgänger, keine erstaunlichen, neuen Erfindungen demonstriert. Technische Einrichtungen, an denen der Zuschauer gewöhnlich den Fortschritt mißt, wie Verkehrsmittel, bleiben möglichst aus dem Bild. Die wenigen Ausnahmen (die Telefonzelle, der Beruhigungsspray) werden mit Selbstverständlichkeit vorgeführt. Bei den Inneneinrichtungen der Häuser ist man auf den Stil der dreißiger Jahre zurückgekommen. Das Abwaschbare, Praktische ist mit dem Gemütlichen kombiniert. Die Assoziationen des Zukünftigen, die durch die Materialien, vielleicht auch durch das Licht (möglich wären selbstleuchtende Wände – die heute üblichen Schaltsysteme sind abgeschafft) geweckt werden, verbinden sich mit Assoziationen an das, was man vor vierzig Jahren gemütlich fand. So vereint sich das Hygienische mit dem Häuslichen zu kalter Muffigkeit.

Auch die Mode hat, mit neuen Materialien, die Art der Kleider von 1935 aufgegriffen. Das Straßenbild sollte, sowohl in der Innenstadt als auch bei den vorstädtischen Reihensiedlungen und Villen, die klotzigen rauhverputzten Bauwerke zeigen, die in Deutschland zwischen 1918 und 1945 gebaut wurden.

Das Verhalten der Menschen ist meistens fahrig, unentschlossen. Man hört sich selten zu, redet aneinander vorbei. Die mimischen Bewegungen sind zurückgebildet. Man hält körperlich Distanz – kein Händeschütteln, kein Schulterklopfen. Ausnahmen fallen auf.

1. Bild

Haus von Braling

Nacht

Einfamilienhaus in der Vorstadt. Die Diele im Parterre. Aus dem Wohnzimmer, dessen Tür halb offen steht, dringt der Fernsehton einer Verfolgungsjagd mit dramatischer Musik.
Braling, der offenbar gerade das Wohnzimmer verlassen hat, will die Tür schließen. Er zögert, denn seine Frau schreit ihm aus dem Wohnzimmer nach.

GLADYS BRALING Blumen! Blumen! Blumen liebe ich sehr. Blumen liebe ich auch. Aber nicht um neun Uhr abends. Ich sitze den ganzen Tag hier draußen. Erzähl mir was. In der Nacht brauchen Blumen kein Wasser.

Braling hat ungeduldig zugehört. Er will die Tür zuschlagen, beherrscht sich dann aber und zieht sie leise zu. Aufgeregt sucht er in seinen Taschen, zieht eine kleine Spraydose heraus und sprüht sich etwas Flüssigkeit in den Mund. Er wird sofort ruhiger. Er verläßt das Haus durch den hinteren Ausgang.

2. Bild

Vor dem Treibhaus

Nacht. Garten. Braling geht rasch über einen mit Platten belegten Platz auf das Treibhaus zu. Er öffnet die mit mehreren Schlössern gesicherte Tür.

Im Treibhaus

Braling geht durch das Gewächshaus, wo unter Bestrahlungslampen kümmerliche Tropenpflanzen wachsen, in den fensterlosen Heizungsraum. Auf dem Boden längs der Wand steht eine lange Kiste, daneben liegt Gartenwerkzeug.
Braling schließt die zwei Vorhängeschlösser der Kiste auf, schlägt den Deckel auf: Auf einer alten Decke liegt schlafend ein Mann, der Braling in Gestalt und Kleidung völlig gleicht. Braling zieht ein kleines Sendegerät aus der Tasche, drückt einen Knopf. Leise ein sehr hoher Ton. Der Doppelgänger schlägt die Augen auf und erhebt sich. Die beiden Männer verlassen das Treibhaus

Vor dem Treibhaus

Braling, während er die Tür des Treibhauses abschließt.

BRALING Wir sitzen im Wohnzimmer. Bleib dort, bis ich wiederkomme.

Beide Männer gehen in verschiedener Richtung ab.

3. Bild

Wohnung von Smith

Nacht

Ein Hochhausappartement in der City. Die Wohnung ist funktionaler eingerichtet als die von Braling, doch fehlen auch hier nicht die Versatzstücke des Gemütlichen: Vorhänge, Gepolstertes, Geblümtes.
Smith steht an der Garderobe. Seine Frau will ihm in den Mantel helfen. Er wehrt ab.

SMITH Geh vielleicht selbst irgendwohin.
FRAU SMITH Ich langweile mich nicht. Ich setze mich vor den Fernseher.
SMITH *zieht den Mantel über* Ich habe immer ein schlechtes Gewissen, wenn ich dich hier allein lasse.
FRAU SMITH Ich kann mich selbst beschäftigen.
Smith will durch die Tür Dann bis bald.

Frau Smith hält ihn zurück. Sie umarmt ihn heftig. Über ihrer Schulter sein Gesicht: Er ist peinlich berührt. Er macht sich los.

SMITH Besuch doch jemand.
FRAU SMITH Ich nehme vielleicht eine Tablette.
SMITH Eine Freundin.
FRAU SMITH Ich setze mich dann ans Fenster und sehe raus.
SMITH Ich mag das nicht, wenn du diese Tabletten schluckst. Also, wir trinken irgendwo was, dann bin ich wieder da. Du weißt, wie selten Braling von

zu Hause wegkommt. Sie macht immer Schwierigkeiten. Er soll sie rausschmeißen.

FRAU SMITH Männer müssen mal unter sich sein.

SMITH Wenn er schon mal Ausgang hat, da will ich ihn nicht warten lassen. *Er will zur Tür hinaus* Ich bin bald wieder da. *Sie umschlingt ihn, küßt ihn. Er macht sich steif.*

FRAU SMITH Amüsier dich!

SMITH *macht sich los* Ich bin bald wieder da.

4. Bild

Hinterhöfe

Nacht

Smith führt Braling durch mehrere Hinterhöfe. Smith scheint das Gelände zu kennen. Trotzdem sieht er sich, wenn mehrere Tore nach verschiedenen Richtungen führen, vergewissernd um.

BRALING Wir hätten uns vielleicht ein bißchen früher treffen sollen.

SMITH Das Lokal macht erst um halbzehn auf.

Sie treten durch einen dunklen Hausgang in einen letzten Hof auf den Eingang eines neuen hohen Gebäudes zu.

5. Bild

Empfangshalle der Bierstube

Ein repräsentativer Raum, Säulen aus poliertem Porphyr. Smith und Braling gehen auf den Empfangschef zu. Smith legt eine Karte vor. Der Empfangschef nimmt sie mit einer Verbeugung entgegen und händigt Smith zwei Formulare aus.

SMITH Ein kleiner Fragebogen. Das mußt du ausfüllen.

EMPFANGSCHEF Wollen sich die Herren dazu nicht setzen.

BRALING *automatisch schreibend* Wir sind etwas eilig. *Leise zu Smith* Ich hoffe, das Etablissement hier ist legal.

SMITH Ich weiß nicht. Ich bin gebeten worden, nicht jedem davon zu erzählen.

BRALING *ängstlich* Was?

SMITH *fertig mit Ausfüllen* Aber wahrscheinlich ist das nur ein Bluff, damit mehr Leute herkommen.

Der Empfangschef nimmt die beiden Formulare und übergibt Smith einen Schlüssel. Er führt die beiden Herren zu einem Fahrstuhl und läßt sie eintreten.

6. Bild

Im Aufzug

SMITH Wir sind gleich da.
BRALING *unruhig* Es ist nur, weil ich heute nicht zu lange wegbleiben möchte.
SMITH Wenn dich das so wenig interessiert, was ich dir zeigen will, dann hätten wir auch in eine von diesen städtischen Automatenhallen gehen können.
BRALING Ja, das wäre vielleicht schneller gegangen.
SMITH Ich überlege mir, was in den letzten Jahren mit dir los ist. Es interessiert dich noch nicht einmal, wohin ich dich führe.
BRALING Wohin führst du mich?
SMITH *wichtig* Einer aus dem Büro hat mir die Adresse gegeben. Er ist Mitglied. Durch seine Protektion habe ich auch Zutritt bekommen. Es ist ein historisches Lokal, in der Art, wie man es vor fünfzig Jahren gehabt hat. Sowas hast du noch nicht gesehen. Aber wenn dich alles so wenig angeht, dann kehren wir um.
BRALING Nein. Bleiben wir nur. Jetzt, wo wir schon einmal da sind.

Die beiden Männer verlassen den Fahrstuhl.

Eingang zum Restaurant

Ein leerer Gang. Smith schließt eine Tür auf.

7. Bild

Bierstube

Eine niedrige Gewölbehalle mit großen Tischen. In dem Stil eingerichtet, in dem die Amerikaner europäische Folklore imitieren und übertreiben. Aus dem Hintergrund Musik einer amerikanischen Polka-Kapelle mit Saxophonsatz. Im Tabaksqualm erkennt man von den zahlreichen Gästen nur, daß sie steif und mit deutlicher Distanz zueinander an den Tischen sitzen und in kleinen Schlucken Bier trinken, gedämpfte Gespräche führen, und in der aufmerksamen Art, in der Europäer chinesisch essen, in den bayerischen Gerichten herumstochern.
Smith und Braling gehen zwischen den Tischen durch und suchen einen Platz. Smith zeigt auf einen kleineren Tisch, an dem noch zwei Plätze frei sind.

BRALING Das wird zu eng.
SMITH *weist auf eine separierte Nische* Setzen wir uns hier herein.

Sie treten in eine halbdunkle Sitznische.

BRALING Dürfen wir das?

Smith setzt sich an den kleinen Tisch, der mit einer großkarierten Decke bedeckt ist.

SMITH Hier gibts nur die Schwierigkeit, daß der sogenannte Kellner kommt, uns das Licht anzumachen.
BRALING *setzt sich* Es ist ja nicht so, daß ich Angst

vor ihr habe, das ist es nicht, obwohl ich in der letzten Zeit ein bißchen vorsichtig bin; ich war nämlich bis vor kurzem jeden zweiten Tag abends weg –

SMITH Hier drin gibts nur die Schwierigkeit, daß der sogenannte Kellner herkommt.

BRALING Heute bin ich das erste Mal für längere Zeit –

SMITH Das Dunkel. Das halt ich nicht aus. Ich werde jetzt selbst sehen, wo man das Licht anmachen kann.

BRALING Ich habe da eine neue Sache bei mir zu Hause. Ich dürfte eigentlich niemand etwas davon sagen.

SMITH Das ist das Lästige hier, daß man auf Menschen angewiesen ist. Das ist in den Automatenhallen besser. Man wartet zu lange.

BRALING Ich dürfte niemand etwas sagen. Aber wir sind so lange befreundet.

Smith steht auf, weil er einen Schalter ein heute übliches Fabrikat entdeckt hat.

SMITH Das müßte es doch sein.

BRALING Die ganze Geschichte ist etwas außergewöhnlich, und ich würde ganz gern mit jemand darüber sprechen. An sich ist es die einfachste Sache der Welt, vielleicht die beste Erfindung, die man je gemacht hat, aber manchmal wird mir unheimlich dabei –

SMITH *hat zur Tür hinausgesehn* Wo bleibt dieser Mensch? Du sollst doch wenigstens dieses Bier probieren. *Zeigt auf den Schalter.* Hier sieh dir das an. Meinst du, daß damit die Beleuchtung angestellt wird?

BRALING *sieht auf* Ich glaube, die Dinger hat man früher verwendet. Ich würde die Finger davon lassen.

Smith tastet vorsichtig auf dem Schalter herum.

BRALING Vorsicht! Vorsicht! Ich würde das nicht machen.

Smith hat herausgefunden, daß sich der Schalter kippen läßt. Eine Kerze entzündet sich.

SMITH Na also.

Der Kellner, intelligentes, verlebtes Gesicht, schnell und böse herein.

KELLNER Es ist den Gästen streng untersagt, die Installation zu bedienen. Was wollen sie trinken?
SMITH Selbstverständlich ein Bier.
KELLNER *will weg* Ein Bier.
SMITH Warten Sie bitte! Was trinkst du?

Braling hat den Kellner, seit dieser vor dem Tisch steht, verwirrt angestarrt. Er erhebt sich halb von seinem Sitz und sagt mit unsicherer Höflichkeit zum Kellner.

BRALING Wir kennen uns doch?
KELLNER *mustert kurz Bralings Gesicht* Nein. Also was noch?
SMITH Nimm auch ein Bier.

Braling antwortet nicht, setzt sich verstört.

KELLNER *wendet sich* Zwei Bier.

SMITH Und dann hätte ich gern noch etwas von diesem hellen, durchsichtigen –

KELLNER Korn?

SMITH Ja, das wars. Willst du nicht auch etwas davon?

BRALING *sieht immer noch den Kellner an* Was ist das?

KELLNER Ich habe noch mehr Gäste.

SMITH Bringen Sie uns zwei Gläser davon.

Kellner ab.

BRALING Wer ist das?

SMITH Die haben hier so Leute, die einem an den Tisch bringen, was man haben will. Das war früher so –

BRALING Ich meine, ob du ihn kennst.

SMITH Nein. Ich glaub, das soll so sein, daß er unfreundlich ist, weil er dafür bezahlt wird. Alles Bluff. Nein, ich kenne ihn nicht.

BRALING Ich kenn ihn.

SMITH Was sollte er für einen Grund haben, dir zu sagen, daß er dich nicht –

BRALING Das ist doch unmöglich, daß zwei Leute in einer Stadt herumlaufen, die sich so ähnlich sehen.

SMITH Dieser Typ kommt doch häufiger vor.

Braling erwacht plötzlich aus seiner Verwirrung.

BRALING *mit Sicherheit* Ja. Stimmt! Wie lange dauert das mit den Getränken?

Kellner herein. Knallt zwei große Glas Bier, zwei Gläschen Korn auf den Tisch. Ab.

Smith schiebt Braling mit kindlichem Stolz ein Bierglas hin.

SMITH Endlich. Jetzt paß auf. Ich weiß nicht, ob du sowas schon getrunken hast. Nimm erst einen kleinen Schluck.

Er macht es vor, rollt das Bier wie Wein im Mund. Braling nippt zerstreut.

SMITH Die Gasbläschen kitzeln die untere Seite der Zunge. Es wird schaumig im Mund. Wenn man es heruntergeschluckt hat, bleibt ein Belag.

BRALING *schluckt* Ja, es ist wirklich ganz interessant. Ich wollte mit dir –

Smith gibt Braling unbeholfen das Schnapsglas in die Hand.

SMITH Im Mitteilungsblatt des Clubs steht, daß man das mit einem Zug trinken muß. Es verursacht einen leichten Schmerz im Rachen.

Beide schütten sich den Schnaps in den Mund und beobachten die Reaktion ihres Körpers.

SMITH Du kannst doch sicher auch feststellen, daß hier in der Magengegend eine leichte Erwärmung erfolgt.

BRALING Ja. Hör zu, ich wollte mit dir etwas besprechen. Der Grund, warum ich heute so schnell wie möglich nach Hause –

Smith enttäuscht und wütend darüber, daß seine Vorführung nicht ankommt.

SMITH Braling, ich sage dir das schon seit Jahren, daß du ihr mal deinen Standpunkt klarmachen mußt.

Gladys macht mit dir, was sie will. Du mußt ihr klarmachen, daß du auch ein Recht hast, einmal allein irgendwohin zu gehen.

BRALING Das habe ich versucht. Aber Gladys versteht es nicht. Und wenn ich deutlich werde, ist sie gekränkt.

SMITH Aber damit kannst du dich doch nicht zufrieden geben.

BRALING Ich gebe mich damit nicht zufrieden.

SMITH Wie bist du überhaupt heute weggekommen. Hast du ihr eine Betäubungsspritze gegeben?

BRALING Nein, ich habe ein neues Verfahren –

SMITH Ein neues Verfahren, mit dem du dir einredest, daß es am besten für dich ist, zu Hause zu bleiben. Was ist aus der Rederei von Unabhängigkeit geworden, mit der du mir imponiert hast, ehe Gladys dich überreden konnte, mit ihr zum Standesamt zu gehen. Weltreisen –

BRALING Die mache ich –

SMITH Mit Fernsehen.

Braling zieht ein Billet aus der Tasche und gibt es Smith.

SMITH Ein Ticket? Kreuzfahrt?

BRALING Ich fahre nächsten Monat in die Karibik.

SMITH Mit Gladys.

BRALING Allein.

SMITH *besorgt* Was willst du anstellen?

BRALING Ich sage doch, ich habe ein neues Verfahren. Du mußt versprechen, alles für dich zu behalten.

SMITH *bestürzt* Du willst Gladys doch nicht etwa –

BRALING Du wirst sehen, daß ich noch der alte bin. Moralisch alles in Ordnung. Fahr mit mir raus, dann führe ich dirs vor.

8. Bild

Strasse vor dem Haus von Braling

Nacht

Vorstadt. Reihen von Einfamilienhäusern mit quadratischem Grundriß. Alle sehen so aus wie das Haus von Braling. Kleine Vorgärten. Niedrige Lattenzäune zwischen steinernen Eckpfosten. Grelles Licht.

BRALING Du siehst es gleich selbst. Wir sind gleich da.

Er prüft die Hausnummer des Hauses, an dem sie gerade vorbeigehen.

SMITH Wenn wir das nächste Mal zusammen in die Bierstube gehn, dann mußt du die gebratene Wurst ausprobieren. Sie sieht ein bißchen merkwürdig aus. Dazu gibts ein Gemüse, weiße lange Fäden, die sauer schmecken und einem zwischen den Zähnen hängen bleiben.

BRALING Ich war heute etwas unruhig, weil ich dieses Ding noch nie so lange habe allein arbeiten lassen. Es ist erst vierzehn Tage in Betrieb. Aber du wirst sehen, ich habe noch Initiative. »Freiheit für jeden.« *Braling geht schneller* Es brennt kein Licht mehr im Wohnzimmer.

SMITH Dann ist sie ins Bett gegangen.

BRALING Aber er hat den Befehl, im Wohnzimmer zu bleiben. *Braling holt das kleine Sendegerät aus der Tasche und drückt einen Knopf. Leise ein sehr hoher Ton.* Er sollte im Wohnzimmer sitzen bleiben, bis ich komme. Auch wenn sie ins Bett geht. Bleib du hier. Entschuldige, aber ich muß erst selbst sehen, was drin los ist.

Braling öffnet leise die Haustür und tritt ein. Smith sieht ihm nach, bemerkt dann einen Mann, der sehr schnell aus entgegengesetzter Richtung die Straße heraufkommt. Smith erschrickt. Man erkennt in dem auf der langen Straße geschwind sich nähernden Mann Braling. Smith geht dem Doppelgänger ein paar Schritte entgegen. Dieser fixiert plötzlich Smith mit den Augen. Er scheint ihn für jemand anderen gehalten zu haben, bleibt unschlüssig stehen, wendet sich dann plötzlich um und will wieder weglaufen.
Smith ruft mit unterdrückter Stimme — so wie alles in dieser Szene, mag es noch so erregend sein, mit Rücksicht auf die Schlafenden, unterdrückt gesprochen wird.

SMITH Braling! Braling! Was soll das?

Der Doppelgänger bleibt stehen. Smith geht auf ihn zu.

SMITH Wenn du die Absicht gehabt hast, mich zu erschrecken, es ist dir gelungen. Ich habe ein Druckgefühl hier oben in der Magengrube. Mir zittern die Hände. Hier sieh dir das an.

Smith zeigt die Hände vor. Der Doppelgänger beobachtet ihn sehr genau, ohne eine Reaktion von Mitgefühl zu zeigen. Er ist dabei selbst unruhig und wirft ab und zu einen schnellen Blick zu Bralings Haus. Smith fingert eine Spraydose aus der Tasche und gibt sich eine Ladung in den Mund. Eine läppische Heiter-

keit überfällt ihn. Er packt, sich vergewissernd, den Arm des Doppelgängers.

SMITH Alles in Ordnung!

Smith lacht, schüttelt den Doppelgänger an den Schultern.

SMITH Wie machst du das? Mit dem Sender?

Braling Zwei hat das Kumpelbetragen von Smith gleichmütig über sich ergehen lassen, dabei Smith beobachtend, als wolle er hinter ein Geheimnis kommen, als könne das, was Smith sagt, dazu beitragen, daß er selbst die Situation versteht.
Plötzlich blickt er über Smith' Schulter zu Bralings Haus, fährt zusammen, macht sich los und rennt weg.
Smith dreht sich um. Aus der Haustür tritt Braling.
Braling zieht rennend den Sender heraus: Leise der hohe Ton.
Braling Zwei, der in großen Sätzen die Straße hinunterläuft, wird mitten in der Bewegung wie von einem Schlag getroffen, als sei er gegen ein unsichtbares Seil gelaufen, stürzt hin.
Smith versucht Braling das Sendegerät zu entwinden.

SMITH Hör auf! Was machen Sie? Das bringt ihn um.
BRALING Weg da! Was willst du?
SMITH Das ist mein Freund! Das ist mein Freund!

Braling reißt den Sender an sich.

BRALING Beherrsch dich! Ich bin hier! Alles in Ordnung.

Er drückt auf den Knopf.
Braling Zwei erhebt sich und kommt eilig, mit korrekten Schritten, als sei nichts gewesen, auf die beiden zu. Braling, wütend, will auf Braling Zwei los.

BRALING Das kannst du mit mir nicht machen. Was habe ich dir gesagt, ehe ich weggegangen bin! Was habe ich dir gesagt!

Braling Zwei bleibt stehen.

SMITH *hält Braling fest* Lassen Sie, laß –
BRALING Hand weg! Der hat das Haus nicht zu verlassen! Ich hatte doch so 'ne Ahnung.
SMITH *hält den Arm von Braling* Wir? Wir waren heute abend zusammen?
BRALING ZWEI *mechanisch* Herr Smith, ich habe mich Ihnen noch nicht vorgestellt. Braling. Bralings Bruder.

Smith spritzt sich das Beruhigungsmittel ein. Er sieht zwischen den beiden hin und her.

SMITH *belustigt* Ja klar! Du hast einen Bruder! Auf einmal, mitten in der Nacht.
BRALING Zeig ihm deinen Schädel.

Der Doppelgänger steht steif.

BRALING Auf meine Verantwortung. Er hält dicht. Zeig ihm den Schädel.

Der Doppelgänger beugt den Kopf.

BRALING *zu Smith* Taste ihm über die Kopfhaut. Vorsicht!

Smith, peinlich berührt, will nicht.

BRALING Los! Oben in der Mitte.

Smith faßt verlegen in das Haar von Braling Zwei, tastet und fährt zurück. Zu dem Doppelgänger, der mit unbewegtem Gesicht dasteht:

SMITH Entschuldigen Sie, ich wußte nicht, entschuldigen Sie – *zu Braling, ärgerlich* Du bringst mich in Situationen!
BRALING *lacht* Leise. Leise. Ich will nicht, daß uns hier jemand sieht. Komm.

9. Bild

Vor dem Treibhaus

Braling, neben sich Braling Zwei und Smith, schließt die Tür des Treibhauses auf.

SMITH *verlegen zu Braling Zwei* Haben Sie eine Operation gehabt?
BRALING Es braucht dir gar nichts peinlich zu sein. Braling Zwei ist kein Mensch.

10. Bild

Treibhaus

Braling führt die beiden anderen durch das kleine Gewächshaus in den Heizungsraum.

BRALING Die Metallplatte in der Schädeldecke, auf die du gestoßen bist, ist so etwas wie eine Antenne, die die Wellen von meinem Sender auffängt. Damit rufe ich den Burschen, wenn ich nicht weiß, wo er ist. *Er schließt die Tür des Heizungsraums. Schlägt den Deckel der langen Kiste zu.* Setz dich.

Smith, verstohlen den Doppelgänger, der sich gegen die Tür lehnt, betrachtend, setzt sich. Braling zieht sich die Jacke aus.

BRALING Ich schwöre dir, er hat bis jetzt noch nie Schwierigkeiten gemacht. Ich habe ihn jetzt seit vierzehn Tagen in Betrieb. Wenn ich einen kleinen Spaziergang machen will –

SMITH Jetzt sag mir erst –

BRALING – dann sage ich Gladys, ich muß nach den Blumen sehen, dann gehe ich her, hole ihn aus der Kiste, und er geht ins Haus und kümmert sich um sie.

SMITH Wo hast du ihn her?

BRALING Wenn ich wieder ins Haus will, rufe ich ihn mit dem Sender heraus und wir tauschen. Weglaufen kann er nicht, ich habe ihn mit dem Sender an der Leine. *Zu Braling Zwei* Also was ist los? Was hast du auf der Straße zu suchen?

BRALING ZWEI *rapportiert* Gladys ist um 22.15 ins Bett gegangen.

BRALING *demonstriert Erziehung* Das will ich nicht wissen. Du hast mir wenig Ehre gemacht, das muß ich sagen, du hast mich enttäuscht.

BRALING ZWEI Ich wollte mir die Gegend ansehen. Ich konnte mich darauf verlassen, daß Sie den Sender benutzen, um mich zu sich zu rufen.

BRALING Und was soll der Unsinn mit dem Weglaufen, als ich aus der Tür kam?

BRALING ZWEI Ich wußte nicht, daß er alles wissen darf. Ich habe gelernt, jeder Situation aus dem Wege zu gehn, in der wir zu zweit von einem Dritten gesehen werden. Als dies nicht mehr zu vermeiden war, habe ich mich, gemäß der Instruktion, als Bruder ausgegeben.

BRALING *zu Smith* Du gibst zu, daß das intelligent ist.

SMITH Was kostet denn sowas?

BRALING Es kann eigentlich nichts schief laufen. Man muß nur am Anfang aufpassen, daß man das Heft in der Hand behält. Ich werde mir jedenfalls überlegen, was er für eine Strafe bekommt.

BRALING ZWEI Ich wollte mir die Gegend ansehen.

BRALING Es hat dir zu genügen, wenn ich mir die Gegend ansehe. Im Großen Ganzen weiß er, was ich weiß. Das heißt, daß er die Gegend schon kennt. Er kennt auch dich schon. Man muß ihm nur Gelegenheit geben, sich an Leute, denen er real noch nicht begegnet ist, zu gewöhnen.

SMITH Und wie ist das – ?

BRALING Das nächste Mal, wenn du ihm begegnest, wird er sich so perfekt benehmen, daß du nicht weißt, wen du vor dir hast.

SMITH *zieht sich die Jacke an* Und wie ist das mit – Wer macht sowas?

BRALING Es gibt da –

BRALING ZWEI Darf ich daran erinnern, daß ein strenges Verbot –

BRALING Ich darf nichts sagen. *Er zieht den Sender aus der Tasche*. Wenn ich ihn loswerden will, dann kann ich ihn mit einem Signal in Schlaf versetzen.

Braling drückt einen zweiten Knopf des Sendegeräts: Leise ein rhythmisches Summen. Braling Zwei erstarrt, an der Tür stehend, in hypnotischem Schlaf.

BRALING Aber ich darf wirklich nichts sagen. Ich will nicht, daß der Verein mir Schwierigkeiten macht. Im nächsten Monat habe ich den Burschen so weit. Dann mache ich meine Reise.

SMITH Und wie ist das mit Gladys? Hast du nicht ein merkwürdiges Gefühl, wenn du deiner Frau am Abend begegnest, und er war gerade bei ihr, oder am nächsten Morgen. Ich bin vielleicht –

BRALING Die Karibik, davon habe ich dir schon erzählt, als wir – wie alt waren wir damals? Ich versteh schon, der moralische Aspekt. Ich habe mir das auch überlegt. Ich sage dir: Es ist nichts dabei. Ich betrüge sie nicht, sie betrügt mich nicht. Sie will, daß ich bei ihr bin, und ich bin bei ihr. Länger als ich es sein könnte, wenn ich nur einen Rest von eigenem Willen durchsetzen wollte. Sie will mich zum Sklaven machen. Den Spaß soll sie haben. Jedem das Seine. Freiheit für alle.

SMITH Und wenn sie ihn erkennt. Sie fährt ihm durchs Haar –

BRALING Ich sage irgendwas, Gehirnoperation, ich erklär ihr –

SMITH Er erklärt ihr.

BRALING Ja. Er! Das ist es doch, daß er es erklären muß! Ich fress etwas aus, er muß es erklären. Nie mehr schlage ich mich damit herum, ihr etwas klar zu machen. Nie mehr quäle ich mich mit Lügen ab. Keine Aussprachen mehr.

Smith hat sich wieder den Spray eingespritzt. Er verliert seine Bedenken und stimmt zu.

SMITH Keine Aussprachen mehr.
BRALING In der Sache stecken enorme Chancen.
SMITH Chancen stecken da drin.
BRALING Zeit, soviel du willst.
SMITH Zeit.

Braling setzt sich zu Smith auf die Kiste, legt den Sender neben sich.

BRALING *euphorisch* In 23 Tagen gehts los. Auf einem Schiff mit Schrauben und Koje für mich allein. Ausflüge ins Innere. Echte Eingeborene.

SMITH *euphorisch* Wenn du etwas von deinem Chef willst, dann schickst du den anderen hin. Wenn ein Polizist dir krumm kommt, du haust ihm eine rein –

BRALING *lacht* und der Andere kann sehen, wie er sich aus der Klemme zieht, genau.

SMITH *lacht* Genau, der Andere kann sehen, wie er sich aus der Klemme zieht. Braling, daß du dir von deiner Frau alles gefallen läßt, das nehme ich jetzt sowieso zurück. Aber ich habe dabei getan, als ob bei mir alles in Ordnung wäre. Ihr kann ich es schon gar nicht klar machen. Sie würde es nicht verstehn. Sie liebt mich. Das wird der Grund sein, daß sie mir vorhin beim Abschied fast wieder alle Knochen zerdrückt hat. Wir sind doch dazu erzogen worden, Abstand zu halten, nicht wie früher, wo man sich dauernd auf den Leib rückte. Aber sie will mich dauernd umschlingen, und sie entwickelt neuerdings Kräfte wie eine Python. Also sag schon, wo hast du das Ersatzteil da her?

BRALING *zurückhaltend* Erstens ist der Preis ziemlich hoch. Ich will dir nur sagen, daß dieses Modell

19000 gekostet hat und daß du das Geld sofort auf den Tisch blättern mußt.

SMITH 19000. Das könnte ich aufbringen.

BRALING Aber nicht vom gemeinsamen Sparkonto.

SMITH Wenn ich bedenke, daß dann die ganze Hetzerei aufhört.

BRALING Überhaupt die Geheimhaltung! Das macht mehr Schwierigkeiten als du ahnst. Du mußt planen, planen, planen.

SMITH Dafür hab ich dann später die Ruhe!

BRALING Ein viertel Jahr lang mußt du jeden Abend in den Verein.

SMITH Keine Aussprachen mehr!

BRALING Nein, ich darf nichts sagen. Besitz und Herstellung von künstlichen Doppelgängern werden zur Zeit noch strafrechtlich verfolgt. Warte lieber, bis alles legal ist. Es heißt, daß sich ein paar große Firmen für das Verfahren interessieren.

SMITH Freiheit für jeden. Und gleich! Wenn erst alle dieses Ding benutzen, läßt sich nur noch halb so viel damit anstellen.

BRALING Ich glaube, man hat im Verein Wartelisten angelegt.

SMITH Um so schneller muß ich mich melden.

BRALING Ich darf nichts sagen.

BRALING ZWEI *öffnet die Augen* Ich denke, daß Smith ein sicherer Kunde ist. Man soll ihm die Adresse geben.

BRALING Halt dein Maul. Du siehst, noch ein Nachteil! Wenn man den Schlafsender nicht lange genug betätigt, dann wacht er früher auf als geplant.

BRALING ZWEI Rufen Sie die Nummer M 036 82 95 an.

BRALING Du redest dich um Kopf und Kragen.

SMITH Wann kann man dort anrufen?
BRALING ZWEI Jederzeit. Es sitzen da Leute, denen es nichts ausmacht, 24 Stunden zu arbeiten.
BRALING Es wird Zeit, daß du in die Kiste kommst.
SMITH M 0 36 82 95. Ich will dann auch gehen.
BRALING ZWEI Sie müssen am Telefon sagen, daß Sie in den Marionetten e.V. eintreten wollen.

11. Bild

Vor dem Treibhaus

BRALING *folgt Smith* Ich möchte nicht, daß du glaubst, ich gönne dir deinen Doppelgänger nicht, aber in deinem Fall, ich meine, mit deiner Frau, da ist das doch etwas anderes als bei mir, sie liebt dich doch –
SMITH Wie war das? M 0 36 82 95. Du meinst den moralischen Aspekt. Ich fand das, was du mir vorhin erklärt hast, überzeugend. Ich denke, daß die Anschaffung ihr genauso zugute kommen wird wie mir. Trinken wir nächste Woche nochmal dieses Bier zusammen?
BRALING *verärgert* Ich schicke meinen Vertreter.

12. Bild

Treibhaus

Braling Zwei lehnt an der Wand.

BRALING *in Wut* Du weißt, daß es in unserem Interesse liegt, wenn so wenig Doppelgänger wie möglich im Verkehr sind.

BRALING ZWEI In *deinem* Interesse.

Braling schlägt den Deckel der Kiste auf.

BRALING Ich werde mich beim Verein erkundigen, welche Maßnahmen gegen Quertreiber von deiner Sorte geplant sind. *Er klopft seine Taschen ab, sieht auf die Kiste.* Wo ist der Sender? *Sieht hinter die Kiste.* Ich hatte ihn auf die Kiste gelegt. *Er schiebt die Kiste von der Wand ab.*

Braling Zwei zieht den Sender aus seiner Tasche.

BRALING ZWEI Hinter der Kiste liegt er nicht. Mach den Deckel zu. Setz dich. Ich will versuchen, dir meinen Standpunkt klar zu machen.

Braling setzt sich.

13. Bild

Telephonzelle auf der Strasse

SMITH *wählt* M 0 36 82 95.

WEIBLICHE STIMME *aus dem Telephon* Hier Privatklinik St. Elisabeth.

SMITH Ich weiß nicht, ob ich richtig verbunden bin. Ich möchte in den Marionetten e.V. eintreten.

WEIBLICHE STIMME *automatisch* Hier Privatklinik St. Elisabeth.

SMITH *artikuliert deutlich* Ich habe vor, in den Marionetten e.V. einzutreten.

WEIBLICHE STIMME *automatisch* Ich verbinde.

MÄNNLICHE STIMME St. Elisabeth, Agentur.

SMITH Man hat mir gesagt, das heißt, ich habe zufällig erfahren, aber ich weiß nicht, ob ich richtig verbunden bin; jedenfalls soll ich sagen, daß ich in den Marionetten e.V. eintreten will –

MÄNNLICHE STIMME Habe ich richtig verstanden? Marionetten e.V.?

SMITH Ja.

MÄNNLICHE STIMME Ihr Name?

SMITH Smith.

MÄNNLICHE STIMME In welchem Bezirk sind Sie jetzt?

SMITH 36.

MÄNNLICHE STIMME Nehmen Sie die vierzehner Bahn, steigen Sie in die Einundachtziger um. Unser Mann holt Sie in fünfzig Minuten an der Endstelle ab. Legen Sie die linke Hand an die Nase, damit wir Sie erkennen.

14. Bild

Treibhaus

Braling Zwei lehnt an der Tür.

BRALING *auf der Kiste* Ich bin einfach zu müde, um jetzt lange zu diskutieren. Ich sehe das ein, du bist nicht zufrieden mit dem Essen –

BRALING ZWEI Nicht das Essen selbst. Es ist die Art, in der ich es einnehmen muß. Heute abend mußte ich wieder warten, bis sie ins Bett gegangen war, ehe ich an den Eisschrank gehen konnte. Weil sie mir bei jeder Büchse, die ich mir nach deinem Abendessen aufmache, vorhält, daß es ungesund wäre, so viel und so spät am Abend zu essen. Und es ist auch ungesund. Ich vertrage diese Unregelmäßigkeit nicht.

BRALING Ich sehe das ein, du bist nicht zufrieden mit dem Essen. Ich bringe das in Ordnung. Gib mir jetzt den Sender.

BRALING ZWEI Keinen Wunsch kann man direkt äußern. Alles muß man sich erschleichen. Dauernd muß ich aufpassen, daß niemand dahinter kommt, wer ich bin. Ich will dir sagen, was ich von dieser Art zu leben halte: Sie ist unwürdig.

BRALING Ich muß auch schleichen, ich muß mich auch zusammenreißen. Keiner kann immer nur tun, was ihm Spaß macht. Wenn du mir zeigst, daß du parierst, bekommst du mehr Freiheit.

BRALING ZWEI Ich muß mich bewegen. Ich kann nicht Tag für Tag in der harten Kiste liegen.

BRALING Also gut! Das Essen! Und in die Kiste eine Schaumgummimatratze. Jeder kann sich an alles gewöhnen. Gerade sowas wie du!

BRALING ZWEI Jemand wie ich. Vielleicht gerade nicht.

BRALING Aber dafür hab ich bezahlt!

15. Bild

U-Bahn-Station

Leerer Gang. Smith, die Hand an der Nase. Ein Wachmann in Uniform tritt auf Smith zu. Der Wachmann sieht dem Empfangschef der Bierstube ähnlich.

WACHMANN Herr Smith, Sie wollen zur Klinik. Wo fehlts denn? Es geht mich nichts an, wollen Sie sich einliefern lassen?
SMITH *nasal* Ich bin gesund.
WACHMANN Gut für Sie. Krankenhaus kann einen arm machen.
SMITH Die neunzehntausend bekomm ich zusammen.
HAUSMEISTER Für was?
SMITH Marionetten e.V.
HAUSMEISTER Was soll das sein?
SMITH *unruhig* Vielleicht hat man Sie über bestimmte Dinge nicht informiert. Ich weiß nicht, ob ich Ihnen was sagen darf. Ich habe die Nummer M 0 36 82 95 gewählt. Sie kommen mir bekannt vor.
WACHMANN Wer hat Ihnen diese Nummer gegeben?
SMITH Mein Freund Braling.
WACHMANN So! So! Braling! Sie können Ihre Hand jetzt von der Nase nehmen!
SMITH Nicht Braling!
WACHMANN Wer dann?
SMITH Was Ähnliches, etwas wie Braling.
WACHMANN Ja was nun?
SMITH *will umkehren* Ich ruf morgen nochmal an.
WACHMANN *packt ihn am Arm* Ich soll Sie zur Klinik bringen. Und das tu ich.

16. Bild

Treibhaus

BRALING *auf der Kiste sitzend* Ich hab 19000 bezahlt, um frei zu sein. Jetzt hänge ich hier fest. Das ist Pfusch.

BRALING ZWEI Ich habe ungefähr das im Kopf, was du im Kopf hast, aber jetzt will ich mir die Sachen auch ansehn, von denen ich weiß.

BRALING 19000. Die behaupten, dein Modell sei ausgereift. Pfusch.

BRALING ZWEI Ich will noch was lernen.

BRALING Auf meine Kosten!

BRALING ZWEI Ich will was erleben.

BRALING Erleben! Auch das noch. Wer was erlebt. das bin ich — Ich habe bezahlt! Du erlebst gar nichts. Du nicht! Weil du nicht lebst!

BRALING ZWEI Es ist merkwürdig, daß ich, obwohl dazu erzogen, mich mit allen zu vertragen, ausgerechnet mit dir diese Schwierigkeiten habe.

BRALING Tot bist du! Völlig kaputt!

BRALING ZWEI Etwas ist gegen dich in mir. Bleib sitzen.

17. Bild

Klinik/Wintergarten

Villa des 19. Jahrhunderts, die zur Privatklinik umgebaut ist. Im Wintergarten die gleichen tropischen Blüten wie in Bralings Treibhaus, nur viermal so groß. Smith starrt ängstlich auf eine der riesigen Blüten. Hinter der Glaswand spricht der Doktor, ein in medizinischer Schutzkleidung verhüllter Doktor, mit dem Wachmann, und tritt dann ein. Der Doktor nimmt den Mundschutz ab. Sein Gesicht, wenn auch schärfer, ähnelt dem des Kellners.

SMITH *glotzt* Pardon, der Kellner –

DOKTOR Der Kellner im 43. Bezirk? Der Kellner, ja, der ist auch von uns.

SMITH Der Wachmann?

DOKTOR Ja, auch. Sie müssen seine Fragerei entschuldigen. Wir sind sehr vorsichtig. Ehe ein Kunde erfährt, wo unser Haus steht, wird er einem kleinen Test unterzogen. Sicherheit ist auch in Ihrem Interesse, da bei unserer Arbeit Effektivität proportional der Geheimhaltung ist. Zur Sache: Leider haben wir gestern die Aufnahme unserer neuen Mitglieder für die Herbstkurse beendet. Die Messungen, Gewebeproben, Abgüsse sind abgeschlossen. In vierzehn Tagen werden wir die einzelnen Personen in die Fertigung geben. Sie kommen also leider für dieses Jahr zu spät.

SMITH *ist enttäuscht* Jetzt hatte ich mich gerade entschlossen. Aber vielleicht ist es besser so.

DOKTOR Warten Sie! Ich hab eben mit dem Chef gesprochen. Wir können vielleicht eine Ausnahme machen. Wenn Sie noch heute abend die Fragebogen ausfüllen. *Er drückt Smith in einen Stuhl. Legt ihm Papiere vor.*

DOKTOR Sie setzen Ihren Namen unter diesen kleinen Vertrag. Morgen machen wir dann die die Abgüsse und ein paar Messungen. Dann haben Sie ein ganzen Vierteljahr Zeit. Sie können sich in Ruhe um das Geld kümmern. Wir machen Ihren Mann betriebsfertig. Im Herbst beginnen wir dann mit der Speicherung. Ein Vierteljahreskurs – zu dem wir Sie leider hierher bitten müssen – dann weiß der Doppelgänger, was Sie wissen, und Sie können ihn mitnehmen. Lesen Sie sich nur alles in Ruhe durch.

18. Bild

Treibhaus

BRALING ZWEI *lehnt an der Tür* Was soll deine Frau damit zu tun haben? Wenn ich mich mit ihr vertrage, heißt das noch nicht, daß wir Absprachen haben. Ich mag sie. Du merkst selbst, daß sich unser Verhältnis in den letzten Wochen gebessert hat. Seit ein paar Tagen ist es mir sogar unangenehm, wenn ich sie verlassen muß. So wie es mir immer unangenehmer wird, dich zu sehen.

Braling versucht, an Braling Zwei vorbei zu kommen.

BRALING Dann gehe ich doch vielleicht besser.

Braling Zwei wirft ihn ohne Anstrengung zurück. Braling fällt. Braling Zwei will ihm aufhelfen – Braling streckt abwehrend die Hände vor.

BRALING ZWEI Ich muß mich über mich wundern. Wir sind doch streng dazu erzogen, nie einen Menschen anzugreifen. Was ist los mit mir? Es hängt mit dem Gedanken zusammen, daß du oft mit Gladys allein bist.

BRALING Was hat sie dir aufgetragen?

BRALING ZWEI Ehe wir beide noch mehr Energie verlieren, werde ich dich zunächst in der Kiste unterbringen.

BRALING Bleib zurück!

BRALING ZWEI *zertritt den Sender* Ich werde dich vorsichtig behandeln.

BRALING *zeigt auf die Schiffskarte* Laß mich wegfahren. Ich komme nicht wieder. Du weißt doch selbst wie ich mich auf die Reise gefreut habe.

BRALING ZWEI *nimmt ihm die Karte aus der Hand* Ich weiß nicht, ob ich dieselben Vorstellungen von Vergnügen habe wie du, aber das fremde Land interessiert mich. Ich werde noch eine Karte dazukaufen, und ich nehme an, daß es Gladys Spaß macht, mit mir dorthin zu fahren. *Er öffnet den Deckel der Kiste.* Wenn ich eine Prognose stellen darf, so wird es demnächst viele Leute geben, die man für lebend hält, obwohl sie irgendwo vergraben liegen, und viele, von denen man glaubt, daß sie tot sind, obwohl sie irgendwo spazieren gehen.

19. Bild

Privatklinik

Smith liest in den Papieren.

DOKTOR Die Wartung unserer Roboter ist simpel. Man behandelt sie wie Menschen. Halbjährlich Inspektion. Energieverbrauch durch häufigen Tiefschlaf gering. Wir liefern zwei Modelle. Da Sie unsere Adresse von Braling haben, ist Ihnen das zu 19000 schon bekannt. Wir haben dann noch eine Ausführung zu 30000, die sich aber von dem Standardmodell im Wesentlichen nur dadurch unterscheidet, daß die Antenne im Schädel unsichtbar verlegt ist. Sie können das bei mir sehen.

Er beugt den Kopf und streicht sich die Haare zur Seite.

SMITH Ich weiß, daß Sie mit mir eine Ausnahme machen, aber wäre es möglich, daß ich die Papiere noch einmal mit nach Hause nehme, ich will es mir wenigstens eine Nacht lang überlegen, meiner Frau gegenüber –

DOKTOR *mechanisch* Herr Smith, Überlegung ist ein gutes Fundament, aber keine Garantie für eine gleichmäßige Entwicklung in der Zukunft. Unsere Pioniertat auf dem Gebiet des menschlichen Zusammenlebens ist fundiert in angewandter Forschung, hochqualifizierter Berechnung, im folgerichtigen Zusammenwirken verschiedener Leistungen.

SMITH Ja. Ich bin auch wirklich sehr interessiert.

DOKTOR *mechanisch* Wir verstehen Ihre Bedenken. Wir haben uns das lange überlegt und unsere Fachleute für Ethik sind zu dem Ergebnis gekommen: Sie betrügen Ihren Partner nicht. Sie stehen ihm länger zur Verfügung als Sie es könnten, wenn Sie nur einen Rest von eigenem Willen durchsetzen wollten. Endlich Schluß mit peinlichen, kränkenden Aussprachen.

SMITH Ja. Keine Aussprachen mehr, aber es ist ein altes Prinzip von mir, nichts zu entscheiden, ohne darüber geschlafen zu haben.

DOKTOR Bringen Sie uns morgen früh die Unterlagen. Wir können uns auf Ihre Verschwiegenheit verlassen, denn Sie haben sich nach geltendem Recht schon durch den Antrag um Aufnahme in den Marionetten e.V. strafbar gemacht.

20. Bild

Treibhaus

Heizungsraum: Die Kiste ist geschlossen und mit einem Schloß gesichert und mit Werkzeug beschwert. Gewächsraum: Braling Zwei gießt behutsam einige Blumen.

21. Bild

Wohnung von Smith

Innen/Nacht
Smith steht an der Wohnzimmertür und starrt in die Papiere –

STIMME DER FRAU SMITH Bist du zurück?

Smith steckt die Papiere ein und betritt leise das Schlafzimmer und schaltet die Lampe neben seinem Bett ein. Seine Frau ist wieder eingeschlafen. Er betrachtet sie mit plötzlicher Rührung, geht dann rasch zurück ins Wohnzimmer. Er zerreißt die Formulare und steckt die Fetzen ein. Dann geht er zum Schlafzimmer zurück. Er steht neben ihrem Bett. Er streicht ihr langsam über das Haar. Er reißt die Hand zurück. Dann faßt er ihr mit plötzlichem Entschluß nochmal auf den Schädel.
Frau Smith erwacht, richtet sich halb auf, sieht ihn voller Liebe an, umschlingt den Erstarrten und zieht ihn, gegen seine apathische Abwehr mit großer Kraft zu sich nieder aufs Bett.

Ende

Varia

Wasserdruck

Exposé zu einem Hörspiel

Das Hörspiel des Grauens bringt
WASSERDRUCK
Ein kleines Erlebnis von Nick Knattertons
Meisterschüler Kommissar Voss

Exposé zu einem Hörspiel für den Elternabend der V a des Gymnasiums am Zietenring.

Inhaltsangabe Furchtbare Leichenfunde in den Kanälen unter der Mauergasse in Wiesbaden machen die Polizei ratlos. Die Opfer, alte, mehrmals vorbestrafte Frauen, sind vollkommen plattgedrückt, die Haut aber unverletzt.

Personen Kommissar Voss, Assistent Jensch, Gerichtsarzt, Zeugin Vogler, ein Zeitungsverkäufer, Frau Maier, Frau Schulze.

Geräusche Pfiff, Schrei, Zischen, Wasserhahn tropft in Labor.

Reihenfolge der Auftritte 1. Zeitungsverkäufer auf der Strasse. 2. Pfiff, Schrei, eine Mordtat. 3. Gespräch Arzt – Kommissar. 4. Frau Vogler, Frau Maier, Frau Schulze bei Kaffeeklatsch. 5. Gespräch Kommissar – Assistent. 6. Jensch geht heim. 7. Kommissar Voß, Frau Vogler warten im Cafe gegenüber Tatort (abends). 8. Jensch im Keller, in seinem Laboratorium (Zischen, Tropfen). Vorbereitungen zur Tat.

9. Frau Vogler geht zum Tatort, in einiger Entfernung folgt Voss. Jensch wird auf frischer Tat ertappt; Jenschs Flucht; Voss jagt ihn über die Dächer; Kampf auf dem Dach; Absturz.

Dem Entdecker der schleichenden Seuche, Wolfgang Herrmann zu Ehren, der behauptet hat, daß Fische an Wasserdruck sterben können.

1950

Körperteile bedeutender Männer

Vorbemerkung

So mancher berühmte Mann liegt – man denke nur an Shakespeare, vielleicht auch an Lessing, Leibniz, Liebermann – mit allen seinen Werken tief in unserem Gedächtnis verwurzelt, mit Seele und Leib, und mit, das darf die Nachwelt nicht vergessen, allen Teilen dieses dem Untergang geweihten, dem Untergang geopferten Leibes. Der Teil ist nicht das Ganze, aber er ist zum Ganzen, daher sich das Ganze über den Teil, der Teil sich damit über das Ganze stellt, weil Teil ohne Ganzes, Ganzes aber nie ohne Teil ist. Das Ganze, der Körper, bedeutet; die Teile sind; sie bedeuten Körper. Den Unverbesserlichen, die da immer noch widersprechen wollen – ich will sie hier nur, hie und da gebrauche ich, wie jeder weiß, der weiß wie ich heiße, andere Namen, nur Londoner nennen – braucht man nur das banale aber schlagende Beispiel mit der Brühe entgegenzuhalten. Es wird sich mancher noch ganz schön wundern! Denn den Artikeln fehlt jeder analysierende Kommentar.

Götz von Berlichingen

Als an Shakespeares Tag 1562 der schwäbische Ritter Gottfried von Berlichingen starb, nachdem er als zweiundachzigjähriger Greis noch kurz vorher seine Autobiographie gegen aufständige Brandbauern verteidigen mußte, schien der letzte verloren, von dem ein Fritz Martini, allerdings auf Goethes Interpretation Bezug nehmend, sagen konnte: »Der Ritter, der mit ursprünglichem Gefühl, kernhaftem Rechtssinn, deutscher Aufrichtigkeit gegen den Mechanismus einer landfremden Staatsordnung, gegen römisches Recht und höfischen Egoismus, gegen Verrat, Unterdrückung, Knechtsinn und Lüge kämpft, wird das tragische Opfer einer entarteten Zeit. Er wollte, ein Heiliger aller Tapferen, Lebensechten und Bedrängten, sich selbst helfen und mußte so an der Gesellschaft schuldig werden und als Einsamer untergehen.» (Anm. 1) In Formulierungen wie »das tragische Opfer einer entarteten Zeit« oder »an der Gesellschaft schuldig werden und als Einsamer sterben«, genauer »untergehen« glauben wir schon Vorausdeutungen entnehmen zu können, die das heute zu Gewißheit Gewordene ahnen lassen: Gottfried von Berlichingen, den seine Freunde, darunter Georg, Franz, vielleicht auch über Hutten Paracelsus, den starken Götz, den wilden oder eisernen nannten, war krank. Er litt, wie wir heute wissen, an einer besonderen Form von Zwangsvorstellung, die zuerst bei der Schwester einer Zimmerwirtin aus Wien-Hütteldorf-Hacking beobachtet und unter der Bezeichnung

Anm. 1 Martini a.a.O.

Hacking-Syndrom bekannt wurde. Eine eingehende psychiatrische Beleuchtung des Phänomens verbietet sich im Rahmen dieser Arbeit. (Anm. 2) Nur soviel muß gesagt werden:
Seit seiner Kindheit beleckte Gottfried von Berlichingen seinen rechten Unterarm, eine motorische Reizableitung, der zunächst keine Bedeutung zugemessen wurde, bis der Arm an den dünneren Stellen schon schadhaft wurde, des öfteren ausgebessert, und schließlich durch die bekannte Eisenprothese ersetzt werden mußte. Als nun auch das Eisen den Ritter nicht von seinem Handlungszwang befreite, er sogar noch Familienmitglieder zu ähnlichem Verhalten aufforderte, war die Internierung nicht länger zu vermeiden. An seiner Stelle agierte sein Zwillingsbruder Götz von Berlichingen weiter, den die Bauern bis dahin in einem Turm gefangen gehalten hatten (Anm. 3) und der später als ihr Führer bekannt wurde.
Die Behauptung, der erste Götz habe auch ein Gesäß aus Eisen gehabt, man könne das aus einer Tischbemerkung Götzens, er sitze zu hart, entnehmen, erweist sich bei näherem Hinsehen – man stelle sich das einmal vor – als unhaltbar. Sie kann Elias Knut, einem stadtbekannten Witzbold zugeschrieben werden.

Anm. 2 Ich verweise auf die präzise, wenn auch stark konfessionell gefärbte Schrift Professor Wehners, Das Hacking-Syndrom, in der zum achtzigsten Geburtstag unseres verehrten Willi Haß erschienen Festschrift »Daumenlutscherelend«, herausgegeben von Willi Haß, Wien 1943
Anm. 3 Das war Hofmannsthal wichtige Anregung zum gleichnamigen Drama.

Joseph Haydn

Am 11. Mai 1809 beschossen die Franzosen Wien. In der Nähe des Hauses Haydn schlug eine Kartätsche ein. Der damals noch lebende allerdings greise Meister erschrak, faßte sich aber bald darauf und sprach, während er sich ankleidete, zu den Hausgenossen, die sich in ihrer Angst versteckt hatten: »Fürchtet euch nicht, wo Haydn ist, kann euch kein Unglück treffen.« Darauf kamen die, die ihn hören konnten, heraus. Die junge hinter den drei Fässern verborgene Lugia Polzelli erschien erst später.
Am 17. Mai war es soweit. Ein französischer Offizier – so erwies Napoleon dem Meister Ehre – sang, nachdem er zunächst getan hatte als sei er ein ganz gewöhnlicher Besucher, die Arie »Mit Würd und Hoheit angetan« wie es heißt »mit viel Empfindung und Würde«. Am 31. Mai, in der Frühe, er war noch gar nicht aufgestanden, starb Haydn. Über seinem Begräbnis auf dem Friedhof St. Marx liegt ein Dunkel.
Haydn hinterließ 24 Opern. Die erste, »Der krumme Teufel«, war entstanden, nachdem Haydns Gesangslehrer Porpora, »der Purpurne«, in Linz eine der ersten Schlüsselfabriken eröffnet hatte. Das Jahr darauf sah den jungen Komponisten in Eisenstadt, wo er bei Esterhazy für das Baryton und für das Marionettentheater schrieb. Nicht zu vergessen die Musik zu Götz von Berlichingen, Fröhlichkeit und herzliche Naivität, Kirchensachen, Klaviersachen, Vokalsachen, 6 Cellokonzerte, 9 Violinkonzerte, 12 Violinsonaten, 13 Messen, 20 Klavierkonzerte, 30 Streichtrios, 33 Klaviersonaten, 35 Klaviertrios, 66 Divertissements und Kassationen verschiedener Besetzung, 77 Streichquartette und 150 Symphonien. So steht Mi-

chael Haydn mit nur 30 Symphonien weit hinter dem Bruder zurück, den er allerdings mit 30 Messen überragt. Den wenigsten Musikfreunden, den allerwenigsten ist bekannt, daß Haydn 1777 die Geiser im Quellgebiet des Yellowstone entdeckte und diese Entdeckung in seinem Buche mit dem bezeichnenden Titel »The Yellowstone National Park«, das zu dem Erlesensten gehört, beschrieb.
Über dem Begräbnis Haydns also lag ein Dunkel. Kein Dunkel aber lag über dem, was 13 Jahre oder sagen wir 12 Jahre später geschah. Die Anhänger Galls, die sich jährlich am 14. Juli im Pariser Vorort Montrouge bei ihrem Oberhaupt trafen, um aus dessen Werk »Sur les fonctions du cerveau et sur celles de chacune de ses parties« vorzulesen, ruhten nicht. Der inzwischen vierundneunzigjährige Totengräber, dem damals keiner ein Trinkgeld gegeben hatte, war bald bestochen, und in der gleichen Nacht noch hoben die Phrenologen den morschen Sarg Haydns, den seine Musiker Papa Haydn nannten, aus der Grube. Niemand sah zu, als der Gelehrte den Schädel von dem drehte, was man als die sterblichen Überreste dessen ansah, der die Klaviersonate h-moll »An Karlheinz« Hob. XVI:32 erschaffen hatte. Nachdem der greise Gall über die mit grünem Glas bestückte Friedhofsmauer geklettert war, war es dem aus mehreren Schnittwunden blutenden Wissenschaftler ein leichtes, seine Theorie an dem außergewöhnlich großen Schläfenbein, Stirnbein und Jochbein zu erhärten: Die Größe der mathematischen und musikalischen Begabung ist meßbar an der Größe der Kopfbeine. Dazu ergab sich noch einwandfrei, daß der, den man als Haydn begraben hatte, nicht dieser Haydn war, für den selbst ein Mozart ihn hielt.

In einem anmerkenden Ausblick soll nicht verschwiegen werden, daß Franz Joseph Gall mit Jan Gall, dem polnischen Komponisten, verwandt und verschwägert war. Einige Bezüge drängen sich auf.

Franz Liszt

1831, nach dem ersten Konzert Paganinis in Paris, schrieb Liszt an Julius Kapp: »Seit vierzehn Tagen arbeiten sein Geist und meine zwei Finger wie zwei Verdammte: Homer, die Bibel, Plato, Locke, Byron, Hugo, Mozart, Lamartine, Chateaubriand, Beethoven, Bach, Hummel, Hugo, Hoffmann, Weber sind um mich. Ich studiere, befrage und verschlinge sie mit Glut – ›Auch ich bin Maler!‹ rief Michelangelo, als er das erstemal ein Meisterwerk sah.«
Liszt übte täglich vier bis fünf Stunden, um seine Technik zu vervollkommnen, und er machte die Erfahrung, die jeder junge Pianist machen muß, daß nämlich der linke Ringfinger als unbeweglichstes Glied den Fluß der übrigen Finger immer wieder hemmend in Frage stellt. Liszt litt mehr unter der Kraft, die uns alle niederzieht, und im Drange, die Schwerkraft zu überwinden, befestigte er einen Bindfaden an der Decke über dem Piano, dessen anderes Ende er um den hartnäckigen Finger schlang. Gewaltsam das dieserart gefesselte Glied gegen den Zwang von oben, Ruck um Ruck (Rhapsodie a-moll), voll Qual Zug um Zug (Mazeppa später mit Frauenchor) bewegend, glaubte er, es gelenkiger werden lassen zu können und erreichte doch das Gegenteil: 1833 suchte eine heftige Entzündung den Lisztschen Ringfinger heim, und er mußte noch während einer Reise nach Genf abgenommen werden. 1837 verließ auch die Gräfin Marie d'Agoult den kranken Komponisten. Aber Liszt war zu durch und durch Musiker, als daß er sich durch den notwendigen Abbruch seiner so verheißungsvoll begonnenen Laufbahn als Pianist auf die schiefe Ebene hätte bringen lassen. Der

Wiener Instrumentenbauer Tetthoff konstruierte die sogenannte Tetthoffposaune, die mit Hilfe eines Lederriemens auch von Einarmigen bedient werden konnte. Bei Combie erlernte Liszt das Posaunenspiel. Schon 1844 konnte er in Paris die ersten Konzerte geben, die ihm den Namen »Paganini der Posaune« einbrachten und Liszts Ruf als Pianovirtuose in den Schatten stellten. Während seiner Weimarer Zeit komponierte der Unermüdliche die drei Posaunenkonzerte in d, B und Es, die Bearbeitung der Beethovenschen Phantasie über »Die Ruinen von Athen« für Posaune und Klavier und die große Graner Festmesse für 140 Posaunen, die – und das ist einzigartig in der Musikliteratur – dem Posaunisten Gelegenheit bieten, sein Instrument nicht nur als Lärmverstärker von Kirchentagen zu demonstrieren.

Vincent van Gogh

Erst 1959 gelang es dem Genfer Kunsthistoriker Pierre Düggelin (Anm. 1), Licht in die berüchtigte Affäre des van Goghschen Ohrs zu bringen. Es hatte sich neues Material erschlossen. Ein bei Mme. Tanguely gefundenes Bild, ein Selbstportrait (von Tate leichtfertig auf 1889 datiert. Es hatte lange Zeit einem Pariser Schützenverein als Schießscheibe gedient, deswegen ließ sich auch nicht feststellen, ob der Kopf mit einem oder zwei Ohren gemalt war; damit wird das Datum Tates, das Jahr 1889 als Datum ante quem fragwürdig.) war auf der Rückseite notdürftig geflickt mit einem Brief, den eine gewisse Christine an von Gogh gerichtet hatte. Diese Christine, Mitglied des zweifelhaften Etablissements »Notre Dame« in Arles, konnte als illegitime Tochter Gauguins identifiziert werden. Durch die Verwandtschaft läßt sich vielleicht auch das Gerücht erklären, das Gauguin mit von Goghs Ohr in Verbindung bringt: van Gogh sei, nachdem er Gauguin ein halbgefülltes Wasserglas an den Kopf geschleudert habe, dem Freund nachgelaufen, habe sich unter dem eiskalt berechnenden Blick Gauguins dann aber selbst mit dem bereitgehaltenen Rasiermesser das Ohr abgeschnitten. Die Concierge des »L´Atelier du Midi«, deren Aussagen aus gegebenem Anlaß wenig Glauben geschenkt werden darf, gab an, es habe sich um eine Wette gehandelt.

Der erwähnte Brief Christines klärte präzise den Sachverhalt. Da Düggelin das Schreiben nicht veröf-

Anm. 1 Pierre Düggelin, Van Gogh et L´Oreille, Paris 1959

fentlichte, es außerdem 1960, wie man hört, einem partiellen Zimmerbrand zum Opfer gefallen sein soll, besteht natürlich die Möglichkeit, daß Düggelin alles erstunken und erlogen hat. Aus dem Brief soll hervorgehen, daß van Gogh mittwochs, also einen Tag vor dem Tattermin zu einem Schäferstündchen bei Christine vorgesprochen hatte, dabei habe sie ihn ins linke Ohrläppchen gebissen und gesagt, es schmecke gut; er habe widersprochen und sei auf ihre Behauptung hin, daß er das nie beweisen könne, in Wut geraten und habe das Zimmer nach halbvollen Wassergläsern durchsucht. Zum Glück sei gerade der Vater Gauguin hereingetreten. In der Nacht zum nächsten oder übernächsten Tag habe Vincent gegen drei Uhr das besagte Haus aufgesucht, dabei stark links aus dem Kopf geblutet, ein Päckchen abgegeben und in einem fort geschrien: »Es schmeckt schlecht! Es schmeckt schlecht!« Sie habe für das Päckchen gedankt, es in ihrem Zimmer ausgepackt und festgestellt, daß es ein Ohr enthielt, dessen Läppchen abgebissen war.

Der Apoll von Milo

Der Apoll von Melos, jetzt als Venus von Milo im Tulpensaal des Louvre zu sehen, nachdem Direktor Fragonard sie 1949 aus dem Stäbchensaal transportieren ließ, hatte noch montags, nach unserer Zeitrechnung 233 vor Christi Geburt, als Standbild auf seiner Insel gedient, als am nächsten Morgen, also am Dienstag nach unserer Zeitrechnung, zwei Römer auf ihren Pferden langsam näher kamen, dann aber, weil ihnen die Pferde zu langsam, kurz vor dem Ziel absprangen, um die letzten sechs Kilometer dem schönen Jünglingskörper entgegenzulaufen, der allerdings, und das bleibt ein Rätsel, nur teilweise enthüllt war. Auch dürfen wir nicht vergessen, daß der Apoll von Melos damals noch nachweisbar im Vollbesitz nicht nur seiner beiden Arme war, die er mit ihren unteren Enden gefaltet trug. Wie alle heute marmorweiß erstrahlenden Figuren war der Apoll von Melos entsprechend schwärzlich bemalt. Während dieser kulturhistorischen Betrachtung hatten die beiden Römer inzwischen ein Seil unter der Achselhöhle der Statue und zwischen ihren Beinen verknotet und begannen, während wir uns klar machen müssen, daß die Alten damals Jünglinge gewöhnlich ganz nackt, Frauen hingegen halb bedeckt darstellten, zu ziehen, bis Apoll umfiel. Zunächst brachen die Kleidungsteile ab, die jeder Kunsthistoriker heute vermißt: die positiven Falten. Noch immer hielt der Gott, jetzt halb auf dem Gesicht liegend, die Hände zum Gebet verschränkt. So wurde er von den beiden römisch-barbarischen Legionären, denen eines ihrer Pferde zur Hilfe geeilt war, zum Meere gezerrt. Selbstredend brachen unterwegs erstmal die Arme und dann jener nur halb verhüllte Teil, den die Griechen sich nicht scheuten, ganz enthüllt zu zeigen, während die französische Nation, die später das auch jetzt noch gar nicht so wertlose Kunstwerk gestohlen hatte, vom bayrischen König den bekannten skandinavischen Fälscher Thorvaldsen ausliehen, damit er mit seinem Gipstrick auch noch die letzten Hinweise auf das ursprüngliche Geschlecht der göttlichen Erscheinung verschleiere. Fast 2000 Jahre sollten ins Land gehen, bis der Deutsche Rolf Gervaise die zum Gebet gefalteten Unterarme in einer Fischerhütte aufspürte. Der dreiste Grieche gab an, das für Kunst und Wissenschaft gleichermaßen bedeutende Beweisstück zum Flicken der Netze zu brauchen. Ein paar Münzen belehrten ihn eines Besseren. Die betenden Hände sind heute in saudiarabischem Privatbesitz. Was aus dem oben angedeuteten Teil geworden ist, können wir, ohne wissenschaftlich unredlich zu sein, nur vermuten. Der Türke ist bekannt dafür, daß er des Marmors wegen griechische Kunstwerke zerschlug und zermahlte, um so Kalk und Farbe zu gewinnen. Halten wir uns das vor Augen, wenn wir uns an der rein weißen Wand eines griechischen Schafstalls erfreuen, und dabei oft vergessen, daß wir über den Verbleib der beiden Römer nichts wissen.

1962

Frau Kleie, das Schlachtopfer

Ein Protokoll

Am 6. Oktober 1966, gegen Mittag auf der Reichenberger Straße in Berlin werde ich von einer älteren, gebeugten Frau mit wachsbleichem Gesicht angehalten. Sie spricht eine Warnung aus. Da wäre ein Mann, so groß wie sie, der macht Wandelopfer und Schlachtopfer, und den schlägt man nicht tot, der stiege ein durch die Fenster, den müsse man doch totschlagen.
Ich spreche etwa eine Stunde lang mit der Frau und erfahre, daß sie Kleie heißt, 58 Jahre alt, kinderlos ist, in Berlin 36, Forsterstrasse/Ecke Reichenbergerstrasse wohnt, und eine Unterstützung von 160 Mark empfängt.
Der Mann, Herbert Kleie, sei Klempner gewesen und das erste Mal vor 10 Jahren gestorben, dann wieder vor 8 Jahren.
Aus den wiederholten Bemerkungen »Wenn er im Tran war«, »Bleibt im Bett«, »Sitzt wieder 5 Stunden auf dem Klo« ist zu schließen, daß Kleie träge und trunksüchtig war.
Nach dem Tod des Mannes lebt sie eine Zeit lang im »Bunker«, das ist das Obdachlosenasyl, und in der Klinik Wittenau.
Verfolgt würde sie von den zwei Nebelteufeln Herbert und Heinz, ihrem verstorbenen Mann Herbert Kleie und dem Kriminalkommissar Heinz Fenske, die man auch Nebelhexen, Termitenteufel und Termitensatan nenne. Diese beiden seien mehrfach gestorben. Bei Herbert und Heinz handele es sich um Hohlschlangen.
»Was sind Hohlschlangen«, frage ich.

»Passen Sie auf, das ist so. Wenn ich mir was zu trinken kaufe, und ich verschütte was nebenhin, dann kriechen da die Termiten raus, aus dem, was ich verschüttet habe, und die fressen in zwei Minuten den Menschen von innen aus. Das ist die Ausschlachtung der Eierstöcke. Eine Hohlschlange, die höhlt den Menschen aus.«

Diese Nebelteufel Herbert und Heinz, von denen es nur zwei in Deutschland gäbe, seien Freunde, etwa 55 Jahre, und sie sähen sehr gut aus.

»Deswegen glaubt man denen und nicht mir. Die können sich unsichtbar machen, wenn sie die Kleider ausziehen. Die nehmen sie dann unter den Arm und fliegen durch kleine Ritzen.«

Herbert Kleie und Heinz Fenske würden sich von Fleisch, Eierstöcken, Bauchfell, Rippenfell, Menschenfett aus der Säule und Blut ernähren.

»Die fressen aber auch Füße an, wenn sie mal einen Schabernack treiben wollen. Hier, da haben sie mir die Füße angefressen aus Schabernack.« Sie zeigt eine unverletzte Stelle am Knöchel. »Und sie machen Narben im Gesicht.« Sie zeigt auf ihre glatten Wangen.

Weil Herbert und Heinz Stehler wären, müsse sie immer mehr einkaufen als sie selbst verbraucht. Wenn sie etwas gern hätte, würde es ihr gestohlen. »Dann sag ich zu Herbert und Heinz: Ihr habt doch eine Currywurst und Boulette und Hammelfleisch! Aber das wollen die nicht, die nehmen, was ich gekauft habe, und die Kartoffeln muß ich zur Hälfte wegwerfen, weil das Nebelhexengift dran ist.«

Herbert und Heinz nähmen auch ihr Geld. Da lägen 6 Mark auf dem Tisch, und dann waren es nur noch 5. Sie müsse beim Kohlenhändler leihen. »Ich mach

morgens Manko und mittags Manko und abends Manko. Ich nenne mich Fräulein Manko.“
»Geben Sie acht. Wenn der Herbert auf der Straße auf Sie zukommt, der hat eine braune Aktentasche, dann bietet er Ihnen zu trinken an. Ein Cocktail! Und wenn Sie trinken, sind Sie Wandelopfer. Ich bin Schlachtopfer. Bei einem Schlachtopfer schneidet der hier und hier von innen, alles von innen heraus. Und meine Mutter ist Folteropfer. Die hat er aus dem Krankenhaus geholt und gefoltert. Also nicht trinken, wenn der Ihnen einen Cocktail anbietet. Jetzt sind Sie noch ein edler Mensch und normal. Aber wenn Sie trinken, dann geht das in zwei Minuten, dann ist man weniger als ein Hund, dann stirbt man den seelischen Tod und den geistigen Tod und dann den leiblichen Tod, und dann kommen die Würmer ins Hirn, und dann lachen Sie. Er bietet Ihnen einen Cocktail an und sagt: ›Staubkorn, leicht ist ihr Verwehn.‹, und dann macht er mit Ihnen die ›Straße der einsamen Herzen‹ oder ›Das Tal des Schreckens‹ oder ›Der Satan gibt eine Partie‹, und dann sind Sie verwandelt und haben zu 50 Prozent Würmer im Gehirn.«
»Die Polizisten von Kreuzberg, die sind alle verwandelt. Das erste Wandelopfer war der Kriminalkommissar Heinz Fenske, dem hab ich gemeldet, daß mich mein Mann als Hohlschlange auffrißt, das war aber zu spät, der war schon Wandelopfer und hat mir nicht geglaubt.«
»Das hab ich vorgestern am Halleschen Ufer zwei Autofahrern gesagt, daß der Fenske eine Nebelhexe ist, da haben die den Funkwagen geholt.«
»Der Mann hier (sie zeigt auf die Druckerei, vor der wir stehen), kommt auch schon nicht mehr raus. Der

ist zum dritten Mal verwandelt. Früher kam der noch immer raus und hat gefragt: ›Was macht die Nebelhexe?‹«

Eine alte Frau kommt vorbei und sieht herüber, neugierig, was ich mit Frau Kleie zu reden habe. Sie grinst mich an und sagt: »Ja, da kann man sich stundenlang unterhalten«, und zieht, weil ich nicht darauf eingehe, weiter.

Frau Kleie sagt zu mir: »Das ist auch eine, die ist auch verwandelt.«

Die alte Frau dreht sich nochmal um, und Frau Kleie keift sie an: »Ja, steh ihm nur bei, dem Wandelchef!«

»Als ich im Bunker (im Asyl) gelegen habe, da wache ich morgens auf und habe hier am Arm rote Kreise und Stiche, da hat er mich nachts ausgeschlachtet, die Eierstöcke weg, und bei der Operation konnten alle zusehen, da hatten die Männer das Gelüst zuzusehen und die Frauen auch. Und eine junge Frau, die hatte auch das Gelüst zuzusehen, die sagt mir am Morgen: ›Deine Schönheit ist aber auch im Eimer.‹ Ich denke, was hat die, die ist doch sonst ganz normal. Die war jetzt auch verwandelt. Und dann merke ich, daß ich so klein war wie der Junge dort drüben, und ich sagte dem Portier von dem Bunker: Das hier am Arm, das sind keine Wanzenstiche.«

»Wenn ich die Jungen anspreche, die noch nicht gewandelt sind, dann sagen die: ›Das glaube ich nicht.‹ Da sind die auch schon gewandelt. Der Herbert Kleie kommt zu denen mit seinem Cocktail und verspricht, daß sie besser denken können, der verspricht die höhere Einsicht, und dann trinken sie, und dann ist es aus.«

»Dann habe ich eine halbe Stunde lang ›Scheißköpfe‹ geschrieen. Das darf man nicht. Man darf ›Satan‹

schreien und ›Nebelteufel‹, aber nicht ›Scheißkopf‹ oder ›Scheißschweißbregen‹. Da haben die Leute aus dem Haus die Schupos geholt, und dann bin ich nach Wittenau gekommen. ›Satan‹ darf man rufen, aber nicht ›Scheißkopf‹, denn man darf auch zu einem Hund ›Köter‹ sagen, aber nicht ›Schweinskopf‹.«
»Wenn Sie ihm jetzt begegnen, bleiben Sie Tacko. Lassen Sie sich nichts zu trinken geben. Jetzt sind Sie noch ein edler Mensch. Wenn Sie wieder hier entlang kommen, dann will ich Sie genau so sehen wie heute.«

1966

Titelsuche zu »Frankenstein. Aus dem Leben der Angestellten«

Frankenstein · Züricher Frankenstein · Wer ist Frankenstein · Ich bin Frankenstein · Frankensteins Labor Der Blick, das Kissen und der Kopf · Leos Kissen in Karlheinz Schrank · Rätselhafte Fälle · Alle alle · Die Spinner von Gerhart Hauptmann · Der Gelee von New York · Das Bündel im Kopf · Der Geleeschrank Selber ein. Ein Studentenulk · Die Normalzeit · Hilfe · Der Arsch des Schauspielers im Gesicht des Zuschauers · Wilhelm Meister · Der steinerne Gast · Sachliche Angaben · Anmaßungen. Von Wolfgang Deichsel · Der verschleierte Reinfall oder Der mögliche Knülli, Soße mit Gesang und Tanz · Auf und zu · Blödmann · § 51 · § 51 für Alle · § 51 muß weg! · Die gebrochenen Augen des Doktor Frankenstein · Ich bin, wer ist Frankenstein · Mutabor · Schwimmende Inseln · Das gebrochene Auge · Schizocharly · Die Schizowurst · Fetischcharakter der Ware · Schizocharly und Fetischferdy · Gregor Grübels Verwandlung · Mutabor · Tante Mu und Onkel Pratt. Ein Mutantenstück · Insel der Mutanten · Wünsch dir was! · Bitte ein Helles. Aufklärungsstück von Wolfgang Deichsel · Die Haut · Häute. Und morgen? · Unternehmen Gehirngewitter · Schreckbewegungen · Die Einsamkeit des Langstreckenschreckens · Das umgestülpte Gesicht · Alias · Frankenstein im Zimmer des Schreckens · N.V. Solo · Der Mann im Ohr. Ein Frankfurter Krüppelspiel · Der Mund im Kopf. Rätselhafte Fälle · Im weißen Mutanten am Wolfgangsee · Gallensteins Lager · Anders als du und ich · Nicht du bist es, der schreit · Unternehmen Alptraum · Am Ende aller Träume · Das Biest von der Erde · Tod eines Universums · N.V. Solo auf Terra II · Leiche eines Unbekannten · Wer kennt die ausgestellten Gegenstände · 27 Uhr 86 · Tausendstein · Der Messton · Unheimlich schön · Androidenparty · Deichsels Welt · Dr. F. · Der Blick, die Leberwurst, das Bein · Kindskopf · Dr. Gummi und seine Kinder · Der böse Blick · Der zweite Blick · An Dr. Oid · Der Gumminagel · Automat · Trafo · Menschlicher Kopf mit fremdem Gehirn · Kopf eines unbekannten Rumpfs · Sieht aber aus wie ein Mensch · Im Kopf ist jeder für sich · Kopfteil · Kopflösung, Plastic People · Einbaumann · Kopf ohne Hand und Fuß · Leichenteil aus unbekanntem Metall · Homo Tremolo · Edisohn · Röhrenmensch · Der Zusammensetzmensch · Die Tochterzelle · Die Tochterzelle und Papa Zille · Der Gummiblick · Der Gummizahnmensch · Rex Gummi. Drama in 30 Spannungen · Die Glissonschlinge · Hinkelstein · Konversation · Mutabor · Ich glaub, ich hab mich nicht verändert · Kopf ab, Kopf an, Kopf aus · Ultraviola · Suchbild · Der Kyborg · Sologehirn · Heda holla, Fürst Achill, Frankenstein steht draußen, auf dem Wege der Sonderrechtsnachfolge · Territus Terreo · Man fragt sich, warum man nicht gleich darauf gekommen ist · Fiber-Auge · Frankenstein ·

1971

Brief eines Angestellten aus dem Urlaub

Meine Krankheit hat mir Gelegenheit gegeben, über einige unserer Arbeitsprobleme grundlegend nachzudenken. Eine repräsentative Anzahl unserer Versager konnte ich in der letzten Zeit, durch meine Kur gezwungen, aus allernächster Nähe studieren. Wir wissen zwar noch nicht, warum auch dieser neueste Typ versagt, wir wissen nur, daß er versagt. Jedenfalls ist seine Reparaturanfälligkeit zu hoch. Aber muß deswegen schon das ganze System falsch sein?
Es gibt ja genügend Kritiker, sogar in unseren Fachkreisen, die den Erfolg der verinnerlichten Außensteuerung überhaupt anzweifeln. Ein witziger Kopf hat behauptet, das System sei so perfekt, daß es sich von selbst abschaffen würde. Und dann gibt es ja noch Leute, die diese Krise, in der wir unzweifelhaft stecken, überhaupt nicht als Problem der Steuerung ansehen. Meinetwegen! Jeder sieht die Welt aus der Sicht seines Spezialgebiets, und mein Gebiet ist die Steuerung.
Eins will ich hier nicht machen, ich will nicht so tun, als gäbe es diese Unfälle und Ausfälle nicht. Was in den Zeitungen steht, stimmt leider. Wir allein wissen, daß die wirklichen Zahlen höher sind.
Die Gefängnisse, Krankenhäuser und Heilanstalten sind überfüllt. Das nützt uns auch nichts.
Die Störungen und Ausfälle, also alles das, was wir den Normalen und Versagern gegenüber als körperliche oder geistige Erkrankung bezeichnen, sind in unseren Augen sinnlose Energieverschwendung. So geht das nicht weiter, wenn wir nicht unser ganzes

System gefährden wollen, das schließlich immer noch das System mit größter Effizienz ist.
Es wäre ein Rückschritt, ein Rückfall in die Barbarei, wenn wir wieder zu dem Prinzip der einfachen Außensteuerung, also zum körperlichen Zwang zurückkehren müßten. Stellen Sie sich das einmal vor: wir müßten, um von unseren Mitarbeitern bestimmte Dienstleistungen zu erreichen, wieder physischen Schmerz androhen oder beibringen. Da stünden wieder Leute mit Gewehren oder Peitschen hinter anderen Leuten, um aufzupassen, daß eine Arbeit gemacht wird. Nicht nur, daß diese Leute mit Gewehren Geld kosten, wesentlich ist, daß unter Zwang keine optimale Arbeitsleistung entsteht.
Die optimale Leistung entsteht, wenn der, der die Leistung erbringt, sie in dem Bewußtsein der Freiwilligkeit erbringt. Und wenn dieses Bewußtsein der Freiwilligkeit fehlt, dann müssen wir es eben herstellen.
Wir brauchen hier keine Spekulationen anzustellen, wie die Welt aussähe, wenn jeder nicht nur in fremdem Interesse, sondern auch in eigenem arbeiten würde. Das wäre vielleicht sehr schön, aber unsere Aufgabe hier ist nicht, über Schönheiten nachzudenken, sondern schlicht und einfach festzustellen, wie man jemand dahin bringt, etwas zu tun, was er nicht will.
Wir müssen in der Lage sein, Tätigkeiten in Gang zu setzen, die nicht im Interesse der Tätigen liegen. Wir müssen notfalls fähig sein, die Herstellung einer Waffe durch den zu erreichen, gegen den sie später eingesetzt wird.
Und wir müssen erreichen, und soweit sind wir eben über die verinnerlichte Außensteuerung gekommen,

daß diese unerwünschten Tätigkeiten selbständig und mit einer gewissen Freude durchgeführt werden.
Wir wissen aus zahlreichen Versuchen, daß mit dem Bewußtsein, freiwillig zu arbeiten, genauer, ausdauernder und einfallsreicher gearbeitet wird als mit dem Bewußtsein, unter Zwang zu arbeiten. Wir wissen zwar nicht, warum das so ist, uns genügt, daß es so ist.
Wir müssen also unter allen Umständen verhindern, daß sich der Gesteuerte seiner Steuerung bewußt wird.
Bei der Tarnung unserer Steuerung bedienen wir uns der Tatsache, daß ein androides Lebewesen neuesten Typs genausowenig wie ein höheres Säugetier in der Lage ist, bestimmte von außen zugeführte Antriebe überhaupt als äußerlich wahrzunehmen. Ein Affe, dem mittels Gehirnsonde ein Hungergefühl appliziert wurde, kann dieses Gefühl nicht von dem unterscheiden, was gewöhnlich in seinem Körper entsteht. Der Affe hat kein Interesse daran, einen Zusammenhang zwischen den Drähten und seinem Gefühl herzustellen. Er frißt einfach seine Bananen, und er frißt soviel wir wollen, da ja seine natürlichen Kontrollinstanzen ausgeschaltet sind.
Prinzipiell werden wir dadurch vor Nachforschung und Entdeckung geschützt, daß das androide Lebewesen überhaupt Angst hat, ein Äußeres, Fremdes festzustellen. Die Erkenntnis, daß da etwas anderes ist als es selbst, scheint ihm ein panisches Gefühl der Isolation einzujagen.
Es fühlt sich wohl, solange es so produziert und konsumiert wie alle andern. Das haben wir uns zu Nutze gemacht.
Doch können wir uns auf diese Angst nicht verlassen.

Sie wird immer wieder von Kräften, deren Herkunft uns unbekannt ist, durchbrochen. Bis dahin völlig normal laufende Mitarbeiter äußern plötzlich das Bedürfnis, herauszufinden, warum sie dies oder jenes tun und für wen. Mit ungeheurem Energieaufwand werden kleinste Informationen in wahnhafte Zusammenhänge gebracht.
Dadurch besteht zwar für uns noch keine unmittelbare Gefahr, denn erstens erkennen die meisten Versager die Erklärungen, die wir ihnen liefern, daß sie nämlich krank sind, an und sind dankbar, wenn ihnen der Anschluß wieder ermöglicht wird. In schlimmeren Fällen, wenn es zur Auflehnung kommt, richtet sich die Aggression gegen Personen, die wir als Sündenböcke zur Verfügung stellen, oder gegen Personen, die unsere Lenkung übertragen. Der Hund verbeißt sich in den Knüppel, nicht in der Hand, die ihn führt.
Gefahr für uns besteht also noch lange nicht. Das wäre ja auch schlimm genug. Aber schließlich geht die ganze Energie, die auf Fragen und Wahnsystembildern verwendet wird, unserer Arbeit verloren. Wir müssen also sehen, wie wir das abstellen.
Und ich möchte mich an der Entwicklung der verinnerlichten Außensteuerung beteiligen. Allerdings brauchen wir dazu erheblich mehr Mittel als bisher.
Sollten Sie bei Ihrer Weigerung bleiben, auch nur die Mittel, die wir bisher erhielten, zur Verfügung zu stellen, sehe ich große Gefahr.
Zum Schluß habe ich noch eine kleine Bitte. Ich denke, daß ich Ihnen mit meinen Ausführungen hinlänglich bewiesen habe, daß ich realistisch denken kann. Ich wäre Ihnen daher sehr verbunden, wenn Sie Ihren Einfluß dahingehend geltend machen könnten, die

baldige Beendigung meines Kuraufenthaltes zu bewirken, damit ich endlich wieder an die Arbeit gehen kann.

Geisterfahrer

Personen: 1 MÄNNLICH · 1 WEIBLICH
Dekoration: 1 AUTO

I. *Tempo Tempo*

AUTOFAHRER Basel–Karlsruhe, es ist bei Gott die langweiligste Strecke in Deutschland. Midlife-Crisis, wers nötig hat, bitte. Freiburg Nord. Morgen sehen wir das Meer, Elfi. Ich bin jetzt 42. Da, jetzt zieht sie an, die Kuh, wenn man überholt. Und der Mercedesarsch fährt mir hinten drauf. Da kannst warten. Sonntags darf sie ans Steuer, die Mutter, damit sie den besoffenen Alten heimschaukelt in sein Schwabenhaus. Zu langsam, das ist das, was bestraft gehört. Mit 45 mach ich mein Abitur, und dann studier ich querbeet, damit man mal klar sieht. Aber das Essen ist teuer in Holland.
AUTORADIO Ein wichtiger Hinweis für die Autofahrer auf der Autobahn A 5 Karlsruhe–Basel, Richtung Karlsruhe. Im Abschnitt Riegel–Freiburg Nord kommt Ihnen auf Ihrer Fahrbahn ein Fahrzeug entgegen. Bitte fahren Sie äußerst rechts und überholen Sie nicht.

II. *Der Witz vom Geisterfahrer*

AUTORADIO Im Abschnitt Riegel–Freiburg Nord kommt Ihnen auf Ihrer Fahrbahn ein Fahrzeug entgegen.
AUTOFAHRER Eins? Das ist doch schon das zehnte.

III. *Zwölf Jahre Gefängnis*

AUTOFAHRER Dagmar, ich sag dir das zum letzten Mal, ich fahr in Urlaub, verstehst du, in Urlaub! In einer halben Stunde sind wir in Basel. So. 170. Das ist mein Tempo. Sag mal, spinn ich, da drüben auf der Gegenspur fährt doch ein Auto neben uns her, der fährt doch in die falsche Richtung. In der Schweiz will ich meine Ruhe. Morgen sehen wir die Schneeberge. Irgendwann klär ich die Sache mit Herbert Ibsen auf, vielleicht schon nächste Woche. Wo mich Schuld trifft, steh ich gerade, da muß kein Ibsen für mich ins Gefängnis, ich stell das klar. Aber in den nächsten drei Tagen will ich nichts mehr hören von der Sache, dafür fahre ich nicht über die Grenze. Der fährt neben uns her. Das ist Polizei. Die können sich aber auch alles leisten.

IV. *Dreh um*

VATI Stuttgart hätten wir! Noch 220 Kilometer bis München. Ich sag dir was, Mutti, wenn wir in München sind, dann gehn wir wieder in die Schwarzwaldstuben.

MUTTI Fahr nicht so schnell, Papa.

VATI Und dann essen wir wieder Fasan. Jetzt habe ich Lust auf Musik.

AUTORADIO Ein wichtiger Hinweis für die Autofahrer auf der Autobahn A 5 Karlsruhe–Basel, Richtung Karlsruhe. Im Abschnitt Riegel–Freiburg Nord kommt Ihnen auf Ihrer Fahrbahn ein Fahrzeug entgegen. Bitte fahren Sie äußerst rechts und überholen Sie nicht. *Beschwingte Musik.*

MUTTI Das sind wir! Wir sind falsch. Dreh um!
VATI Dreh um, auf der Autobahn!
MUTTI Bleib stehn! Halt an!
VATI Halt an, da sind doch überall Lichter!
MUTTI Fahr doch raus, fahr raus!
VATI Wohin!
MUTTI Ich will aussteigen.
VATI Halt die Klappe: Halt einmal die Klappe! Ich fahr rüber: Da ist eine Lücke! Vorbei! Ich dreh durch, ich dreh um! Ich hab doch keinem was getan. Ich dreh, halt dich fest. Fasan! Es knallt! Nein! Geschafft!
MUTTI Geschafft, Vati, geschafft! Da stehts: Stuttgart!
VATI Stuttgart. Jetzt fahren wir nach Stuttgart. Wir sind nicht auf der A 5. Der Geisterfahrer, wir warns nicht.
MUTTI Wir warns nicht.
VATI Aber jetzt sind wirs.

V. *Der Tod von Basel*

SYBILLE Ich habe Angst. Ich liebe dich.
AUTORADIO Bitte fahren Sie äußerst rechts und überholen Sie nicht.
BILLY So komm ich jetzt auch mal ins Radio.
SYBILLE *schreiend* Ich liebe dich echt, Billy, ich liebe dich wirklich.
BILLY Ja, jetzt: Wos gleich knallt.
SYBILLE Ich liebe dich! Bring dich allein um!
BILLY Da wird er staunen, Sybille, dein schönes starkes Willichen.
SYBILLE Bitte, bitte, Billy, laß mich raus!

BILLY Wenn er seine Sybille neben seinem Freund Billy findet, eingequetscht im Blech. Billy, Willi, Billy, Willi, Billy, Willi.

VI. Generation 94

WOLLO Das ist die neue Generation: Da stimmt alles! Hör dir die Maschine an! Nichts hörst du! Alles sauber! Manchmal wünsch ich mir – verpiß dich da vorn! Na dann nicht. Von achtzig auf zweihundertzwanzig! Und hast du was gemerkt? Nichts merkst du bei der Maschine. Alles sauber! Das ist die neunziger Generation! Manchmal wünsch ich mir, ich wäre mein Auto!
MOLLI Ich wünsch mir lieber ein Baby.
AUTORADIO – Geisterfahrer entgegen –
WOLLO Geisterfahrer. Der hats gut. Alles sauber.

Illustrationen zu Frankenstein

NATALIE
Illustration zu »Frankensteins Braut«
Holzschnitt 1962

FANGEN WIR AN und NIKOLAUS
Comics zu »Frankensteins Braut«, 1967

SCHRIFTBLÄTTER
Dramaturgieplan zu »Zelle des Schreckens (Clonus)«,
Ausschnitt, 1973

HAND DURCH BODEN, KOPF DURCH BODEN,
FÜSSE DURCH BODEN, LASS MICH RAUS
Plakatentwürfe zu »Zelle des Schreckens«, 1974

FLUCH
Plakatentwurf zu »Frankensteins Fluch«, 1993

DER FUSS IST DA! FANGEN WIR AN!

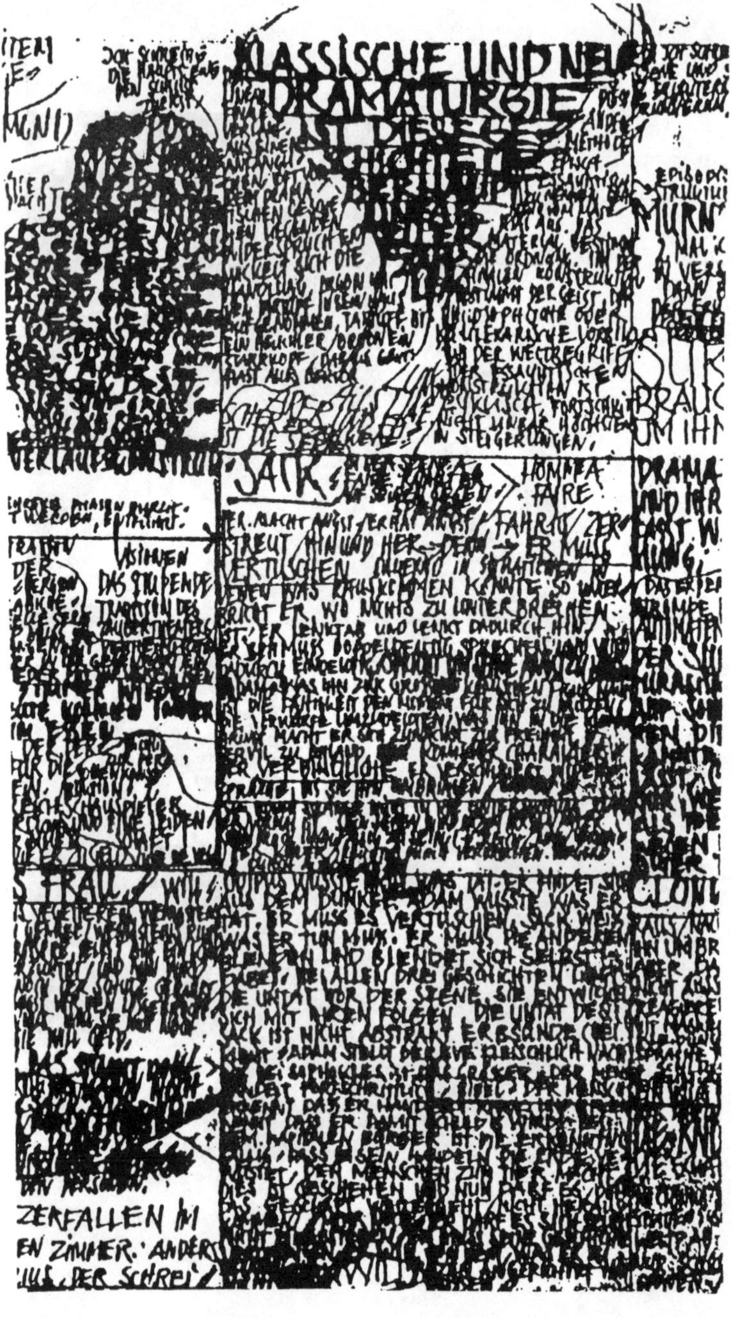
KLASSISCHE UND NEUE
DRAMATURGIE
SATIR
HOMMAGE FAIRE
ZERFALLEN IM
EN ZIMMER. ANDER
DER SCHREI

MONTAGE
ICH BIN
SCHREIBEN
REALISTISCH
DEN NATURALISMUS
ZU DURCHBRECHEN
UNTERSUCHT HANDLUNG
THEATER
WAHRNEH
DIE LEUTE SOLLEN STAUNEN
LEBENDE HAUT ÜBER EINEN
DIE WIRKUNG
SURREALIST
CLOWNS / SIE WOLLEN
DIE WICHTIGSTEN SZENEN /
EIN MENSCH IST AUF MONSTERJAGD UND ENT
DASS ER SELBST EIN MONSTER IST
MENSCHEN BEGEGNEN IHREN DOPPELGÄNGERN
MENSCHEN BEGEGNEN SICH IHREN DOPPELGÄNGERN
AUF VERSCHIEDENEN ALTERSSTUFEN
DIE DIENER MACHEN DEN SKLAVEN (CLOWN) FÜR
DEN HERRN UND UMGEKEHRT.
FRANKENSTEIN JUNIOR HAT PLÖTZ
DIE IHM FREMD SIND.
DIE TOLLSTEN SZENEN / DIE TOLLSTEN SZENEN
VERKÖRPERUNG
SIND DIE PER
SONEN, DIE SZENISCHE VER
KÖRPERUNG EINES INTERES
SENWIDERSPRUCHS ODER DER
INTERESSENGLEICHHEIT IST
FEINDSCHAFT ODER BÜNDNIS
HANDLUNG
HANDLUNG IST SCHLUSS ODER
IDEE
AUFLÖSUNG EINES BÜNDNIS
SES.

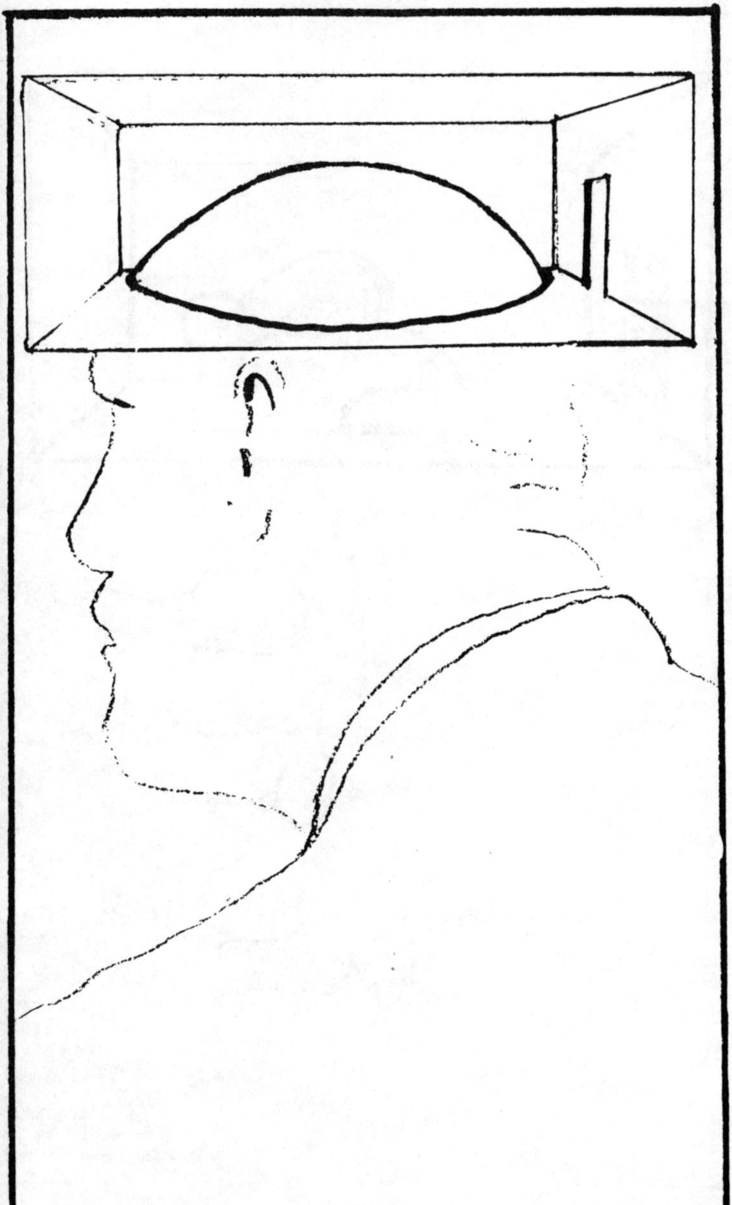

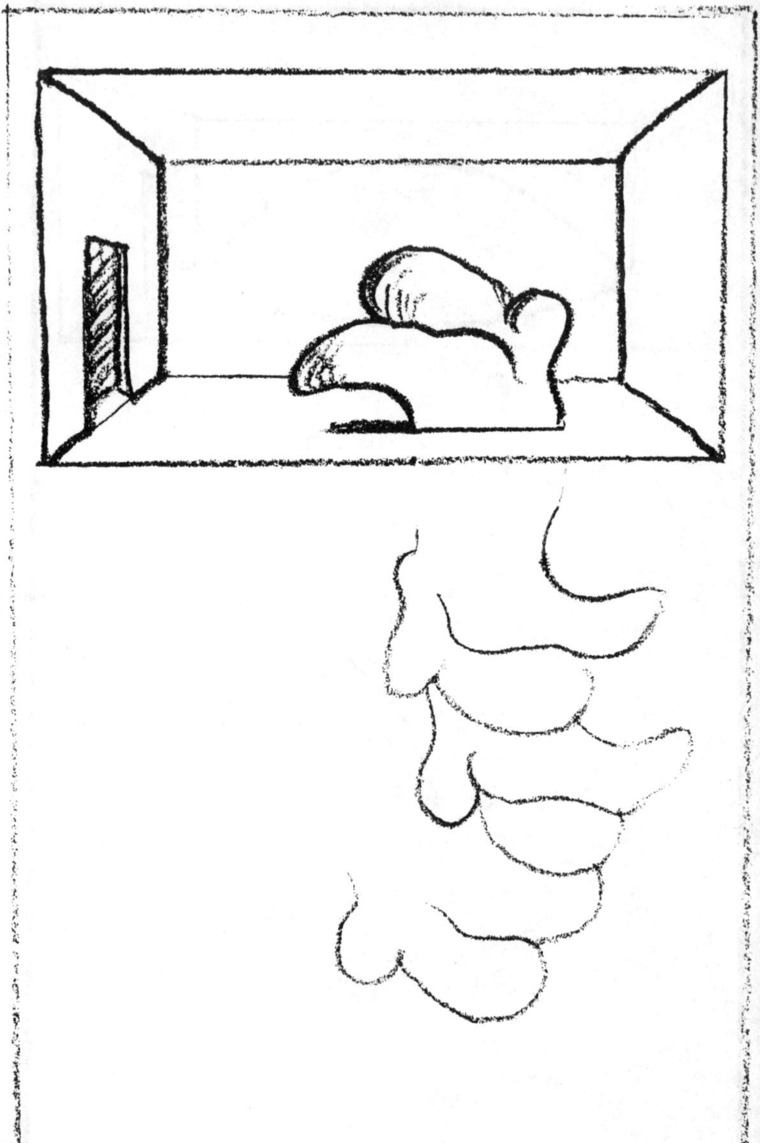

LASS MICH RAUS!

FRANKEN
STEINS

Ferngesteuert

Auszüge aus einer Vita Wolfgang Deichsels

1939
Wolfgang Deichsel wird am 20. März in Wiesbaden als Sohn des Kriminalbeamten Wilhelm Deichsel und dessen Ehefrau, der Klavierlehrerin Lina Deichsel geboren.

1950
Gymnasium am Ziethenring, Wiesbaden. Beteiligung am Schultheater, für das Deichsel szenische Bearbeitungen, auch erste eigene Stücke verfaßt. Der Entwurf eines Hörspiels WASSERDRUCK steht in einer Reihe von ca. 30 Projekten, die nie ausgeführt werden, u. a. auch das Stück »Von einem, der auszog, das Fürchten zu lernen«.

1959/1960
Abitur, danach Studium der Germanistik, Kunstgeschichte und Psychologie in Marburg. Deichsel sieht in Wiesbaden Horrorfilme, zum ersten Mal auch einen Frankenstein-Film der Hammer-Produktion. Mitarbeit beim Marburger Studententheater.

1961/1962
Zwei Semester in Wien, wo er James Whales berühmten Frankenstein-Film von 1931 sieht, den eigentlichen Auslöser für die weitere Beschäftigung mit dem Stoff. Erste Entwürfe zu FRANKENSTEINS BRAUT, geschrieben 1962 wieder in Marburg. Für

diese Werkausgabe hat Deichsel das bisher nicht veröffentlichte Stück eingestrichen.

1962/1964
Fortsetzung des Studiums in Marburg, verstärkt Mitarbeit an der Studiobühne, insbesonders mit Stücken von und nach Sturm-und Drang-Dichtern. 1963 Gründung des Puppentheaters "Otto Kugels Himmelreich", dort Uraufführung des Handpuppen-Vampirstücks GÖRAN ZU GÖRAN. Erste Kontakte zu Verlagen und Theatern.
Hörspielproduktion BLEIWE LOSSE im Hessischen Rundfunk.

1965
Abbruch des Studiums und Umzug nach Berlin, wo Deichsel sich weiter mit dem Frankenstein-Thema beschäftigt, u.a. mit Mary Shelleys Roman. Deichsel denkt von Anfang an mit dem Stoff in zwei Richtungen: einerseits Frankenstein als Metapher für ein dezidiert sozialkritisches Theater, andererseits als Material für trivial-romantische Horrorstücke in der Nachfolge von Shelley und Whale. Deichsel arbeitet vorerst nur in der ersten Richtung: in Berlin entstehen rund 70 Szenen, im Entwurf oder vollständig, die später unter dem Titel FRANKENSTEIN. AUS DEM LEBEN DER ANGESTELLTEN bekannt werden.

1966/1967
schreibt Deichsel in Berlin für das ZDF Kleines Fernsehspiel das Drehbuch zu dem Fernsehspiel ICH AUF BESTELLUNG (Marionetten e.V.) nach Ray Bradbury's Erzählung "Marionettes, Inc.", das in diesem Band zum ersten Mal veröffentlicht wird. Re-

gie: Gedeon Kovacs. In den Hauptrollen: Günther Ungeheuer und Herbert Fleischmann. Ursendung 1967.

1969
wird Deichsel als Hausautor an das Schauspielhaus Zürich engagiert, wo Peter Löffler seine nur ein Jahr währende Intendanz mit einer Gruppe von Schauspielern um den Regisseur Peter Stein und dem Dramaturgen Klaus Völker beginnt. Am Schauspielhaus etabliert sich ein workshop von Schauspielern, die zusammen mit dem Autor Frankenstein-Szenen für eine »Werkstattaufführung« probieren.

1970
Uraufführung von 14 Szenen FRANKENSTEIN am 28. 3. am Schauspielhaus Zürich. Inszenierung: Alle Beteiligten. Bühnenbild und Kostüme: Günter Kuschmann / Ilse Träbing. Die Schauspieler: Angelika Arndts, Bruno Ganz, Hans-Dieter Jendreyko, Rüdiger Kirschstein, Günther Lampe, Jutta Lampe, Rita Leska, Otto Mächtlinger, Tilo Prückner, Ulrich Schweizer, Wolfgang Wermelskirch. Programmfolge: *Bündel, Gardinen, Achim, Willi, Bernds Frau, Fernseher, Uhrenmann, Marion, Waldo, Der Angestellte, Robby und Schätzchen, Blick, Mike* und *Hallomensch*. Deichsel spielt »Äffchen« in der Szene *Marion*.

Klaus Völker im Programmheft: »Wolfgang Deichsels Stück mit dem Titel 'Frankenstein' spielt auf den gleichnamigen Roman von Mary Shelley an, die Geschichte eines Wissenschaftlers, Dr. Viktor Frankenstein, der einem künstlichen Körper Leben verleiht, einen Androiden bzw. ein 'Monstrum' schafft, über

das er dann aber nicht so verfügen kann, wie er es erhofft hat. Sind Polizisten, Beamte, Fließbandarbeiter und Büroangestellte nicht schon soweit Kunstfiguren wie das Geschöpf jenes Dr. Frankenstein? Sie sind nur nicht direkt als Monstren erkennbar.
Das Stück 'Frankenstein' will also den Androiden als Metapher einführen, ihn als verwechselbar mit dem heutigen Menschen zeigen. Die merkwürdigen Verhaltensweisen, denen wir hier gegenüberstehen, sollen den Zuschauer aufmerksam machen auf gesellschaftliche Prozesse, auf Beeinflussungen und Manipulationen, denen der Mensch ausgesetzt ist und die ihn in seinen Handlungen und in seinem Verhalten prägen.«

Es gibt drei Aufführungen dieser Produktion. Am Ende der Spielzeit demissioniert Löffler als Direktor des Schauspielhaus, das Ensemble löst sich auf. Deichsel kommt im Sommer 1970 nach Frankfurt, wo Ilse Träbing von Intendant Felix Müller als Bühnenbildnerin im Theater am Turm (TAT) verpflichtet wird. Deichsels erster »hessischer Molière« DIE SCHULE DER FRAUEN wird am TAT uraufgeführt.(Siehe Werke 2)

1971
Die allgemeine Mitbestimmungsdiskussion erfaßt auch das Theater: Intendant Müller verläßt das TAT, als neues Dreierdirektorium werden Wolfgang Deichsel, Wolfgang Wiens und für den Rechtsträger Roland Petri eingesetzt. Deichsel tritt vor allem als Autor in die Direktion ein und zwar unter dem Aspekt, daß ein solches Theater schnell auf aktuelle Anlässe zu reagieren habe.

Deichsel schreibt innerhalb von drei Wochen für die *experimenta 4* in Frankfurt den sogenannten EXPERIMENTA-FRANKENSTEIN, der am 28. 5. am TAT uraufgeführt wird. Regie: Wolfgang Deichsel. Dramaturgie: Wolfgang Wiens. Ausstattung: Ilse Träbing. Mit Christine Müller, Joachim Henschke, Hermann Treusch und Rüdiger Vogler.

In dem die »Illustrierte Filmbühne« imitierenden Programmzettel steht: »Es ist Nacht auf Schloß Frankenstein. Doktor Frankenstein kommt auf einer Strickleiter aus seinem Kellerverlies hoch. Er trägt ein Glas mit einer frisch abgeschnittenen Hand. Da stürzt aufgeregt Mia herein, Guillaume Sacks Tochter. Was führt sie zu der mitternächtlichen Stunde in das Schloß ihres väterlichen Freundes? Voll von bösen Ahnungen teilt sie dem Doktor mit, daß man ihren Vater fast nackt in einem Wald gefunden habe, stammelnd und im Boden scharrend. Verzweifelt fragt sie sich, was dem Vater Grauenhaftes widerfahren sein mag. Den Doktor beunruhigt der nächtliche Besuch. Ahnt er etwas, hat er ein Geheimnis vor ihr?
Nach dem ersten Schrecken und einer Begegnung mit dem in der Tat seltsam verwandelten Sack kommen die beiden sich wieder näher. Aber dennoch ist für Mia das Betragen ihres väterlichen Freundes rätselhaft. Waren sie sich nicht schon viel vertrauter? Endlich wagt es der Doktor, sie zu berühren. Aber in diesem Augenblick kommt Sack herein, wieder ganz der Alte. Nur sein Verhältnis zu dem alten Schulfreund Frankenstein scheint verändert zu sein. Warum reißt er ihn aus Mias Armen und bedroht ihn? Mia, betroffen von dem Verhalten ihres Vaters, fällt ohnmächtig zu Boden. Gleich darauf geraten die beiden Männer

in einen heftigen Streit über die sogenannten Clonus, die von Frankenstein offenbar in dem geheimnisvollen unterirdischen Verließ gezüchtet werden. Werden dort serienweise künstliche Menschen hergestellt? Sind es gefährliche Monster wie der aus Leichenteilen zusammengesetzte Fritz, der nur mit Mühe von Gewalttaten abgehalten werden kann? Wie lassen sich die seltsamen Verwandlungen Sacks zusammenreimen? Gibt es ein Geheimnis um den dämonischen Baron Frankenstein?«

Über die Uraufführung schreibt der Kritiker Botho Strauß in der Frankfurter Rundschau vom 1.6.1971: »Wenn man bedenkt, mit welch abenteuerlichem Leichtsinn in letzter Zeit so einige deutsche Autoren versucht haben, große mythische Figuren in ihre kleinen, glanzlosen Dramaturgien herniederzuzitieren, dann ist es schon ganz gut, daß der Wolfgang Deichsel rigoros und auf Biegen und Drehen seiner relativ schmalen anekdotischen Story ein Stück über Frankenstein komplett durchgeschrieben hat. Man sieht es sich gerne eine Stunde lang als glaubwürdige und originale Theaterproduktion an, weil man es in dieser Machart im Kino nicht sehen könnte.
Die genetische Anlage des Mythos - das in unendlichen Neubildungen sich fortpflanzende Leben Frankensteins - verlangt von dem Schreiber, der diesen Mythos nutzen will, daß er eine im wesentlichen neue Fortsetzungsgeschichte erfindet. Er muß sich eine Variante einfallen lassen, die allerdings zu den überlieferten Voraussetzungen der alten Geschichte eine bestimmte Konformität besitzen muß.
Wolfgang Deichsel hat das zentrale Horrorerlebnis seines Stücks in den Spekulationen und Experimen-

ten der neueren Humanbibiologie gefunden: der Horror, daß man aus dem Proteinkern einer einzigen lebenden menschlichen Zelle einen kompletten neuen Menschen züchten und gleichzeitig genetisch programmieren kann. Bei der Vorstellung einer solchen totalen Manipulierbarkeit alles menschlichen Daseinswird ein bürgerliches Bewußtsein schnell von einem umfassenden religiösen oder humanistischen Schauder ergriffen; doch muß er sich in Wahrheit mit einer höchst politischen Vision auseinandersetzen: insofern es zwischen Manipulierern und Manipulierten zu unterscheiden gilt, insofern die Vision nach Maßgabe der Rationalität eines Gesellschaftswesens und des ihr dienenden Wissenschaftsbetriebs einzuschätzen ist. Um diese Politisierung, einer unbewußten Schreckenserfahrung, ist es Deichsel wohl zu tun.« (Auszug)

Der EXPERIMENTA-FRANKENSTEIN ist das erste Ergebnis der Beschäftigung Deichsels mit dem »romantischen« Frankenstein, das er als gescheitert ansah. Deichsel hält den Text für eine spätere Bearbeitung zurück. Der in diesem Band erstmals veröffentlichte Text ist identisch mit dem der ersten Aufführung, der Name des Frankenstein-Double und der Titel FRANKENSTEINS FLUCH sind neu.

Am 30. Oktober gibt es im TAT die (nach Zürich) zweite Aufführung von FRANKENSTEIN. AUS DEM LEBEN DER ANGESTELLTEN: diesmal 22 Szenen, aufgeführt im großen Saal des Volksbildungsheims, in dem das Publikum auf 350 Drehstühlen sitzt, und die einzelnen Szenen ringsum gespielt werden. Regie: Hermann Treusch und Wolfgang Wiens. Ausstattung: Ilse Träbing.

Günther Rühle in der Frankfurter Allgemeinen Zeitung vom 4.11.1971: »Frankenstein: in weißen Laken - das ist die Welt, der Alltag als Klinikum, ein Stück Zukunft, antiseptisch und schaurig. Deichsel eröffnet die Frankensteinserie in Frankfurt wie die in Zürich: In einem medizinischen Laboratorium wird ein Paket ausgepackt, 'wissenschaftlich-vorsichtig', dann - ein Erschauern vorm Inhalt, dann der alte Fuchs: 'Das schaffen wir schon.' Kein Erschrecken, das zu Nachdenken führt: sondern Atempause und dann die alte Formel drauf, die Formel des Weitermachens.
So beginnt eine Revue der Unmenschlichkeiten. Besser gesagt: der kleinen Unmenschen, der kleinen entmenschten Menschen. Ein Mensch verschluckt sich, weil ein anderer ihn beobachtete, ein Vater wehrt die Fragen seines Jungen ab, weil ihn der Fernsehapparat beherrscht, einer bringt einen anderen zum Polizisten, weil er bei Rot über die Straße ging. Kurze Schlaglichter auf Situationen der Fremdbestimmung, der Aufhebung natürlicher Reaktionen durch Instrumente, Regeln, Kontrolleure. Deichsels Szenen machen einen Infratest auf die Frage: Wie menschlich sind wir noch? In der Szene 'Robby und Schätzchen' zeigt Robby sein genageltes Knie, die Oberschenkelhaut im Gesicht; nach der Reparatur eines Autounfalls an ihm versteht er nicht, warum 'Schätzchen' seine Heiterkeit nicht versteht. 'Hab ich mich verändert?' Er freut sich auf das neue Auto. - Ausbleibende Antworten machen Vernehmungsbeamte zu dem, was sie vor sich zu haben glauben: einen Unmenschen, vor dem sie Angst haben. (Der Hallomensch) Ein Schnipsen mit einem Fingernagel im Gespräch: Was bedeutet das für den Partner? Deichsels Welt ist von Fragen und von Ängsten durchsetzt. In

dem Tableau von 30 Kurzszenen sind auch die Endstationen solcher Verwirrungen, solcher Entmenschlichungen als Bilder festgehalten. Eine Frau überzieht ihr zerwühltes Bett, sie behandelt Plumeau und Kissen zärtlich wie Kinder; als sie das rote Inlett aus den Überzügen zieht, sagt sie 'wieder durchblutet', und das Bild wird traumatisch: Es enthüllt eine Verletzung durch Angst. Arbeiter nehmen ein Bett auseinander und sehen, wie sich im Sprungrahmen eine Frau mit still schreiendem Gesicht festklammert.« (Auszug)

1972
erscheint im Verlag der Autoren FRANKENSTEIN als Textbuch für die Theater: es enthält 53 Szenen, geordnet in 8 Komplexen. Ebenfalls 1972 erscheint Frankenstein, erstmals unter dem Titel FRANKENSTEIN. AUS DEM LEBEN DER ANGESTELLTEN als Buch im Verlag Klaus Wagenbach, Berlin. Es enthält 50 Szenen in ebenfalls 8 Komplexen. Umschlagtext: »Frankenstein heute: 50 Geschichten von Angestellten, die durchdrehen, und Angestellten, denen ein Licht aufgeht.«
Deichsel setzt am TAT seine Arbeit mit dem »hessischen Molière« fort (TARTÜFFE, DER MENSCHENFEIND) und inszeniert (zusammen mit Wolfgang Wiens) Brechts TURANDOT. Im Theater heftige Kämpfe um die Realisierung der Mitbestimmung.

1973
Weitere Aufführungen des FRANKENSTEIN an Theatern in Heilbronn, Dortmund, Hamburg, München, Moers. Französische Erstaufführung im Cyrano Théâtre, Paris, am 24.3. Regie: Philippe Adrien.

1974
Hörspielfassung von FRANKENSTEIN. AUS DEM LEBEN DER ANGESTELLTEN des Bayerischen Rundfunks. Regie: Manfred Marchfelder. Erstsendung: 29. 3. 1994. Den »Brief eines Angestellten« schreibt Deichsel als Rahmen, der die einzelnen Szenen verbindet.

Deichsel schreibt für den Rest der sich auflösenden Truppe des Theaters am Turm DIE ZELLE DES SCHRECKENS und inszeniert die Farce zusammen mit Wolfgang Wiens zur Uraufführung am 16.3. Ausstattung: Ilse Träbing. Die Besetzung: Albert Lippert (Steinrück), Michael Altmann (Doktor), Gerd Wameling (Nickel), Klaus Dieckmann (Fritz), Ursula Köllner (Malchen), Ernst Walter Mitulsky (Pelzig) u.a.
Die Aufführung ist kein Erfolg, Deichsel zieht den Text zurück: er wird in diesem Band zum ersten Mal veröffentlicht.

Deichsel in einem Gespräch mit Eckhard Henscheid in der Frankfurter Rundschau vom 15.3.1974: *Henscheid*: In DIE ZELLE DES SCHRECKENS geht es wieder um massiv Durchgedrehte, aber diesmal vor allem um einen Unternehmer. *Deichsel:* Die Fabel des Stücks ist, kurz gesagt, daß ein Unternehmer, der abhängig ist von einem anderen größeren Unternehmer, sich von einem Professor, einer Frankenstein-Figur, Doppelgänger züchten und sich deren Organe permanent transplantieren läßt, um sich dadurch zu verjüngen. Das Stück handelt von den Schwierigkeiten, die er dadurch hat. Es ist eine in den Horrorbereich verlegte soziale Parabel. Das Unternehmertum erscheint in diesem Zusammenhang in seiner letzten theatralischen Hysterie. *Henscheid*: Was sind Androiden? *Deichsel:* Ferngesteuerte Roboter der Science-Fiction Literatur, die in hochentwickelter Form von Menschen nicht mehr zu unterscheiden sind. Androiden merken in der Regel ihre Fernsteuerung nicht, merken sie sie, so kommt es zu Zusammenstößen mit der Umwelt und zu Bewußtsein. *Henscheid:* Erwecken Ihre Theaterstücke nicht Lust am Schrekken und Grauen? Fühlen Sie sich gelegentlich im Schrecken wohl? *Deichsel*: Wenn mir die Produktion eines solchen Schreckens Befreiung bringt, als Artikulation meines eigenen Schreckens. *Henscheid*: Fühlen Sie sich im realen Alltagsschrecken wohl? *Deichsel*: Nein, ich habe soviel Schrecken und Chaos in mir drin und um mich rum, daß ich nur Interesse habe, das zu ordnen. (Auszug)

DIE ZELLE DES SCHRECKENS ist die letzte Produktion des TAT unter der bisherigen Dreierdirektion. Rainer Werner Fassbinder wird im Frühsommer zum neuen Intendanten des TAT berufen. Deichsel zieht sich in den Rheingau zurück, wo er als freier Schriftsteller arbeitet: vor allem wieder in Richtung Volkstheater (DER HESSISCHE MOLIERE, LOCH IM KOPF).

1975/1980
Aufführungen des FRANKENSTEIN an Theatern in Stuttgart, Aarau, Pforzheim, Esslingen, Kiel, Luxemburg, Essen, Nürnberg.
2. Auflage der Buchausgabe 1979, ergänzt durch die Szenen *Unfallforscher auf der Strasse, Ransel, Der Schreck, Willi, Satz und Kuß, Häuschen am Waldrand, Supermarkt.*

Deichsel in einem Gespräch mit Horst Laube, 1978: *Laube*: In dem, was du sagst, kommen häufig Wörter wie Konstruktion, System, Plan vor. Du baust seit einigen Jahren ein Haus in Frankreich wieder auf, das du praktisch als Ruine gekauft hast. Wie du es aufbaust, willst du auch herausfinden, nach welchen Gesetzen dieses Haus zu den Zeiten, als es noch von Bauern bewohnt war, funktionierte. Ich weiß nicht, ob du den 'Anti-Ödipus' von Deleuze und Guattari kennst. Die Maschine ist darin ein zentraler Begriff. In ihr sind die Widersprüche der Identität aufgehoben. Ist diese Wunschmachine nicht auch eine geheime Sehnsucht von dir? Als eine Art Gegenmöglichkeit zum täglichen Erfahrungschaos? *Deichsel*: Zuerst bin ich fasziniert von Maschinenmenschen, dann denke ich, daß es furchtbar ist, von so etwas fasziniert zu sein. Bei Fromm ist diese Maschinensehnsucht eine Form der Nekrophilie, der Todesliebe. *Laube*: Hat das Bedürfnis, Pläne und Konbstruktionen zu machen, nicht auch etwas mit dem Verdacht zu tun, daß das Chaotische, Unbezeichnete, Systemlose erst dann erfahrbar wird, wenn ich gleichsam die Schneise eines ausgedachten Vorhabens hineinzuschlagen versuche? Dann ist plötzlich das Grauen da. So wie Naube, die Hauptfigur in LOCH IM KOPF einen Fleck aus seiner Hose reibt, um ein Indiz, das ihn als Mörder überführen könnte, zu entfernen, und dann ist plötzlich anstelle des Flecks ein viel schlimmeres Loch. Der Plan hat buchstäblich vors Nichts geführt. So sind in deinen Stücken die Requisiten: Es sind Dinge, die die Neigung haben, schlecht auszugehen. Obwohl in so einem Satz auch ein fröhlicher Stoßseufzer verborgen ist: Gottseidank, jetzt weiß ich, wohin sie laufen! *Deichsel*: Die Neigung der Dinge, das ist doch eine Neigung des Kleinbürgertums. In der realistischen Schreibweise muß man die Dinge sehr genau definieren, die schlecht ausgehen. Ich laufe nicht mehr wie früher mit der Meinung herum: Alle Menschen sind Androiden. Vielleicht ist das auch ein Anpassungsvorgang. Man verliert das Vermögen, die Welt als ganz und gar schlecht gemacht zu sehen. Das aber ist Voraussetzung für die Bühne: Ein Konflikt auf der Höhe der Zeit darf in einem Stück nicht lösbar sein. (Auszug. Aus: Theaterbuch 1, Hanser Verlag München, 1978)

1980
Angeregt durch eine Wuppertaler Aufführung (Regie Jürgen Kloth) erneute Beschäftigung mit dem FRANKENSTEIN für eine Aufführung am Schauspiel Frankfurt am 12.10. Regie: Heinz Kreidl.

Deichsel zur sogenannten »Frankfurter Fassung 1980«: »An dieser Fassung des FRANKENSTEIN ist nur neu, daß alte Absichten freigelegt und stärker herausgearbeitet wurden. Bei den ersten Aufführungen vor zehn Jahren hatten wir uns aus dem Material von 60 Szenen das herausgeholt, was unserem Bedürfnis nach kritischen Erklärungen der Lebensumstände am ehesten entsprach. Wir wollten auch mit Ulk und Horror verständlich sein. So war es dem Zufall überlassen, ob wenigstens ein Zuschauer das Vergnügen am erklärt Unklaren empfand, was mich zur Herstellung der Texte angeregt hatte. Man fand sich damit ab, daß hier die bekannten Probleme mit Kleinfamilie, Automatentum, Bürokratie und dem armen Irren noch einmal satirisch in Szene gesetzt wurden. Angeregt durch ein neues Interesse einiger

Theater, versuche ich nun, dem Spiel mit dem kalkulierten Dunkel wieder mehr Raum zu schaffen. Die Absicht war, nicht nur über Wahnsinnige, die sich als leblos, zerstückelt, neu zusammengesetzt und ferngelenkt empfinden, zu reden, sondern diesen Wahn durch Verwirrung des Intellekts im Hirn des Zuschauers, der sich darauf einlassen will, zeitweilig zu erzeugen. Ob das geht, wird sich zeigen. Wie nützlich es ist, sei dahingestellt. Denkbar, daß die Übertragung einer wahnhaften Phantasie durch Erzählung oder Film eher möglich ist, denkbar, daß für die Bühne eine geschlossene Dramaturgie, in der im Widerstreit von Verbergen und Entlarven aus ein Geheimnis schließlich enträtselt wird, wirksamer wäre. Doch wollte ich die offene Dramaturgie, in der, wie bei Gängen durch fremde Städte, immer neue Figuren in neuen Situationen erfaßt werden müssen, erhalten, da sie der Wahrnehmungsform der Figuren entspricht.
Wenn in dieser Bühnenfassung nun doch eine Figur, Kommissar Lape, des öfteren auftritt, so soll dies nicht als Versuch verstanden werden, der Untersuchung eines großen Falles kleine Überfälle linear, final unterzuordnen. Ich will auch nicht die dramaturgischen Stationen von Lapes Weg in den Irrsinn zur Hauptsache machen. Mit dem Fall Lape soll ein wenig entfaltet werden, was mit den vielen anderen Fällen geschichtslos anfängt und abreißt. Vor allem aber soll der Zuschauer, dem ein dauernder Wechsel der Perspektive zugemutet wird, in dem typischen Kommissar, dem Hüter unserer Realität, einen Vertrauten sehen, der die Wechsel mitmacht, bis er endlich auch verdreht wie eine Kompaßnadel, die nach Süden zeigt, zum Müll gehört. Größere Anstrengung habe ich darauf verwendet, die Assoziationen, die nun von

den Szenen ausgehen sollen, die Hinweise auf eine Phantasiewelt im Alltäglichen, zu beschränken, zu richten, ihnen einen Verlauf zu geben. Das hat die Anzahl der Texte geändert, einiges mußte umgeschrieben und einige Szenen neu verfaßt werden.«

1981/1994
Für die Aufführung am Bayerischen Staatsschauspiel in der Inszenierung von Ruth Drexel (18.1.1981) schreibt Deichsel die Telefonate als Verbindungstükke der einzelnen Szenen. Die Aufführung ist bemerkenswert durch die Verbindung der Spielweise des Volkstheaters im Brechtschen Sinn mit der Demonstration von wissenschaftlichen Verhaltensweisen und gilt als die Aufführung, in der die Intentionen Deichsels am ehesten verwirklicht sind.
Weitere Aufführungen bis 1994 in Theatern in Wien, Antwerpen, (1981), Zürich, Heidelberg (1982), Würzburg (1987), Köln (1988), Ulm (1990), Berlin (1993), Esslingen (1994).

Wolfgang Deichsel, Werke

Band I
Etzel
Agent Bernd Etzel · Bleiwe losse · Anlagen: Die kluge Else / Der dreißigste Februar / Über Stücke und Theater / Materialien zu einer Theorie des Platten · Anhang

Band II
Der hessische Molière
Die Schule der Frauen · Der Tartüff · Der Menschenfeind · Anlage I: Zettelkasten · Anlage II: Über Dialekt · Anhang

Band III
Frankenstein I
Aus dem Leben der Angestellten
Frankenstein. Aus dem Leben der Angestellten · Siebenundvierzig weitere Fälle: 1 Versuchsperson Ransel · 2 Mund im Kopf · 3 Autolenker · 4 Traum der Dinge

Band IV
Frankenstein II
Die Zelle des Schreckens
Frankensteins Braut · Frankensteins Fluch · Die Zelle des Schreckens · Marionetten e.V. · Varia: Wasserdruck / Körperteile berühmter Männer / Frau Kleie, das Schlachtopfer / Titelsammlung Frankenstein / Brief eines Angestellten aus dem Urlaub / Geisterfahrer · Anhang

Verlag der Autoren